Quelle mouche a piqué Baum ?

DU MÊME AUTEUR AUX ÉDITIONS STOCK

Soit dit en passant, *Stock, 2020; Le Livre de Poche, 2022*

Zéro gravité, *Stock, 2023*

Woody Allen

Quelle mouche a piqué Baum ?

roman

Traduit de l'anglais (États-Unis)
par Emmanuelle et Philippe Aronson

Stock
la cosmopolite

TITRE ORIGINAL :
What's with Baum?

Couverture et jaquette : © Le Petit Atelier

ISBN 978-2-234-09997-5

À mon extraordinaire épouse Soon-Yi.
Où as-tu appris ça ?

Depuis quelque temps Asher Baum avait commencé à se parler à lui-même. Non pas qu'il marmonnât de temps à autre tel un homme s'efforçant de mettre de l'ordre dans ses idées ou de se calmer avant d'entreprendre une tâche difficile. Ni qu'il voulût régler ses comptes avec quelque personnage imaginaire du passé ou du présent. Cela aurait fait de lui un fou ou un illuminé, ce qu'il n'était pas. Du moins pas encore. L'idée que ces conversations fussent annonciatrices d'une démence précoce était également exclue dans la mesure où, à cinquante et un ans, il était plutôt affûté et doté d'une mémoire sans faille, sans compter que personne dans sa famille n'avait jamais souffert de quelconques difficultés cognitives. Les seuls conseils qu'il avait reçus de ses médecins, c'était d'y aller doucement sur le sel, de mettre de l'écran total et de continuer à s'activer sur son tapis de course comme il le faisait. S'il souffrait de quoi que ce fût, c'était d'attaques de panique hypochondriaques durant lesquelles chaque grain de beauté, chaque toux intempestive et chaque ongle incarné lui faisait l'effet d'un gouffre s'ouvrant sous ses pieds. Et, malheureusement, il en allait de même avec chaque chanson, fleur et arc-en-ciel. Lorsque Baum se regardait dans le miroir, il voyait la tête d'un corniaud intelligent, mélange du regard triste de son père, du nez sémite de sa mère et d'une anxiété de son cru.

Ses cheveux fournis mais hirsutes et ses lunettes Foster Grant à monture noire lui donnaient un air érudit. S'il avait été un acteur de cinéma, il aurait interprété des psys, des profs, des scientifiques ou des écrivains, ce dernier métier étant précisément le sien. Dans le même miroir, il lui était impossible de ne pas remarquer des cheveux gris ici et là et d'y déceler non pas le signe d'une sagesse à venir mais, avec la chance qu'il avait, la perspective d'un déambulateur en aluminium.

Alors que l'été touchait à sa fin, Baum avait pris l'habitude d'arpenter la trentaine d'hectares de pelouses verdoyantes et de bois qui entouraient le grand étang devant leur maison de campagne, à lui et à Connie, enfin plus exactement la maison de campagne de Connie, discourant avec lui-même des grands sujets existentiels. Une fois de l'autre côté de l'étang, à l'orée du bois, Baum se retrouvait souvent en pleine discussion sur quelque problème pressant. Même dans la maison, quand il était seul, il était capable de se lancer dans une conversation s'il éprouvait le besoin de s'exprimer, de soulager son cœur. Après tout, à qui d'autre parler ? raisonnait-il. Qui d'autre est aussi affable, aussi bienveillant et sensible, aussi concerné et respectable ? Oui, respectable, et, plus important encore, compréhensif. Qui d'autre m'écoute avec un esprit ouvert, un peu de compassion, et se soucie de moi ? Quelqu'un se préoccupe-t-il un tant soit peu du fait que je pousse sans discontinuer un rocher au sommet d'une montagne ? Et quand bien même j'arriverais là-haut, qu'est-ce que j'en tirerais ? J'aurais un rocher au sommet d'une montagne. Génial. Alors pourquoi est-ce que je me donne autant de mal ?

Depuis quelque temps, Baum était de plus en plus en désaccord avec lui-même. Parfois de manière virulente. Cependant, songeait-il, qui sinon Asher Baum était à même d'appréhender l'ampleur de sa souffrance, l'étendue de ses préoccupations ? Qui était capable de l'écouter se plaindre sans se désintéresser au bout de deux minutes de ses interrogations les plus profondes pour lui dire : « Arrête de *kvetcher*[1], Asher, c'est assommant. Nous avons tous nos problèmes. » Et pourtant, tout ce que

1. Pour les mots yiddish en italique, voir le glossaire en fin d'ouvrage. (*N.d.T.*)

j'essaie de faire, c'est d'y voir clair dans cette infime tranche d'hystérie que j'habite au quotidien. Ou non, c'est peut-être plus conséquent que ça. Ce que je veux vraiment, si ça se trouve, c'est comprendre les vies de tout un chacun. Comprendre l'ensemble, tout le toutim.

Dans son écriture, Baum cherchait à mettre de l'ordre dans le chaos et la tragique vérité qui semblaient ternir le soleil chaque fois qu'il se levait sur l'humanité. Baum avait depuis longtemps déclaré la guerre à l'idée de sa propre mort, ce grondement lointain du tonnerre à un pique-nique comme l'avait formulé Auden. C'était en étant romancier, pensait-il, qu'il serait en mesure de mener ce combat contre la condition humaine, en écrivant de la prose émouvante. Ses œuvres se devaient d'être sublimes, selon lui, car la nuit était profonde et l'ennemi avait plus d'un sale tour dans son sac.

Il avait très tôt décidé qu'il ne pourrait remporter cette bataille en se contentant d'être un simple journaliste rapportant les vicissitudes insignifiantes de la réalité. La fiction, se disait-il, était plus réelle que la réalité elle-même, plus susceptible d'appréhender l'âme et de toucher à la vérité de ce qui se tramait. Qui, bon sang, était le responsable de tout ça ? Baum voulait que ses livres aient un impact, qu'ils fassent changer les gens de point de vue, et voilà pourquoi il lui était nécessaire de ne rien rater. Il ne voulait pas embrasser l'éternité la tête basse sans avoir laissé derrière lui au moins quelques volumes en mesure d'aider à simplifier le chemin pour les autres. Il était déterminé à ce que l'épitaphe sur sa pierre tombale ne se lise pas ainsi : *Ci-gît Asher Baum – et alors ?*

Il ne pouvait plus parler à sa femme. Pas des choses qui comptaient le plus pour lui en tout cas. Connie faisait preuve de trop d'hostilité envers lui, trop de colère, trop de déception. Elle n'a plus la patience de m'écouter râler, songeait-il. Les quatorze années qui avaient débuté avec des dîners aux chandelles et des bouquets de fleurs s'étaient, au fil des rêves brisés et des choses dites sur lesquelles on ne pouvait revenir, transmuées en une grosse bombe à retardement sur le point d'exploser. Elle a cinq ans de moins que moi, se disait-il. Toujours très belle, toujours désirable, et elle a toujours cette tendance mordante à viser la jugulaire qui lui avait jadis paru si attrayante. Naturellement, Dracula aussi était un mordu de la jugulaire, mais en l'occurrence il était question de celle de Baum. En un sens, j'imagine que j'aime encore ce côté pur-sang complexe, s'avouait-il, mais je ne peux certainement pas lui parler. Sans rapidement l'énerver. Et je ne peux pas non plus parler à mon frère Josh parce qu'il couche avec elle. Ou il a une fois couché avec elle. Enfin je crois. Je n'en suis pas complètement sûr. J'ai l'impression que nos conversations sont devenues forcées, et si j'aime mon frère, je n'ai pas confiance en lui ; et dans la mesure où je ne peux pas lui faire part de mes doutes, qui le blesseraient, nous ne pouvons pas parler. Enfin, nous pouvons parler, mais pas à cœur ouvert. Ou du moins en ce qui me concerne. Est-ce que j'ai précisé que je pense qu'il a couché avec Connie ? Oui, évidemment, je viens de le faire. Génial. Il ne me manquerait plus que cela, de radoter. Ce serait la cerise sur le gâteau. Je ne peux pas non plus parler avec ma première femme, Nina. Je me sens trop coupable. J'étais tellement *meshugana* et elle était tellement gentille. Les premiers signes de mon comportement irrationnel, c'était avec Nina.

Baum s'était marié à vingt et un ans, pressé de quitter la maison de ses parents et de commencer sa nouvelle existence de jeune journaliste. Il avait flashé sur une jolie étudiante de Barnard, Nina Glass, qui, comme il s'en était rendu compte, avait une sœur jumelle lui ressemblant comme deux gouttes d'eau. Ainsi, après deux mois de mariage, il était tombé amoureux de la sœur jumelle, Ann. Disons simplement que ce qui s'ensuivit n'eut rien à voir avec une comédie de Shakespeare. Au contraire, cela fit grandement souffrir Nina et plongea Baum dans l'incompréhension, la culpabilité et la haine de soi. Il évoqua la question avec un analyste, qui chercha la réponse dans les rêves de Baum, mais ce qui avait si bien fonctionné pour Joseph et le pharaon ne donna rien sur le divan de cette petite pièce de la 68e Rue Est. Il ignorait ce qu'étaient devenues les jumelles Glass, mais il savait que si jamais il devait en revoir l'une ou l'autre, il aurait trop honte pour ouvrir la bouche. Il avait depuis belle lurette cessé de parler aux psys car, pour qu'une analyse fonctionne, le patient doit avoir envie de changer, or la seule chose que Baum était prêt à changer, c'était d'analyste.

Il ne pouvait pas non plus parler à sa deuxième épouse, Tyler. Déjà parce qu'elle vivait en Nouvelle-Zélande, mais au-delà de la distance, parce qu'elle avait quitté Baum pour le batteur d'un groupe de rock devenu très riche très jeune, qui avait pris sa retraite à trente ans et acheté une ferme à Walter Peak Station pour élever des moutons. Baum en était tombé de l'armoire, et avant que cela ne se produise, il n'avait fréquenté la Payne Whitney Clinic qu'en tant que visiteur. Il ne désirait même pas parler à Tyler ni même penser à elle, sauf que cela lui arrivait parfois, en particulier les après-midi pluvieux.

C'était comme ça. Personne ne comprenait réellement Asher Baum sauf Asher Baum. Aucun psy, aucune ex, aucun ami, puisque tous semblaient avoir disparu au fil des ans. Personne de sensé si ce n'était l'homme lui-même.

Baum traversa la pelouse, plongea la main dans sa poche et en sortit une petite boîte ancienne que Connie lui avait offerte et qui, plusieurs siècles plus tôt, servait à contenir le tabac à priser qui faisait éternuer quelque dandy. Que ces mortels sont fous, pensa-t-il. Éternuer pour le plaisir. Désormais, il y avait dans la boîte un Nexium pour parer à son reflux gastrique, un Xanax et un Ativan. Tout ce qui lui manquait, rit-il intérieurement, c'était une capsule de cyanure.

Il goba le Nexium alors que sa promenade l'avait mené jusqu'à l'autre bout de l'étang, où il avait palabré avec animation de l'accueil négatif qu'avait reçu sa dernière pièce. À quelques reprises il s'était essayé à la dramaturgie dans des petits théâtres off-Broadway, et l'exercice lui avait paru encore plus difficile que d'écrire des romans. Pompeux et didactique, avait jugé la presse. Il avait essuyé les mêmes critiques avec son roman. Moralisateur, écrivirent les journalistes. Il en avait conclu que les critiques, même bien écrites et ponctuées de commentaires élégamment tournés, se résumaient toujours à une affaire de goût.

Il était bien lancé dans son écriture, mais malheureusement cet élan l'entraînait vers le bas. Son dernier roman s'était plus ou moins fait descendre, ainsi que celui d'avant – l'histoire d'un homme et d'une femme qui tombent amoureux dans un camp de concentration, réussissent à entretenir une liaison passionnée, se retrouvant secrètement pendant trois ans au risque de mourir ou d'être torturés, avant d'être finalement libérés, suite à quoi elle l'avait quitté en disant : « C'était sympa le temps que ça a duré, mais tu n'es pas vraiment mon genre. » Le livre avait récolté quelques vagues recensions positives. Très peu de personnes avaient fait l'effort de le lire et quand c'était le cas, la plupart n'avaient pas perçu la satire et l'avaient étrillé, considérant qu'il avait pris la Shoah bien à la légère. C'était l'année où il s'était essayé à la méditation mais n'avait réussi à se concentrer que sur ses mauvaises critiques.

Encore piqué au vif par la dernière conversation qu'il venait d'avoir avec lui-même au sujet du déclin du théâtre, Baum reprit le chemin de la maison, une jolie demeure de style colonial, reproduite à l'identique mais agrémentée de grandes baies vitrées qui eussent ravi les Pères pèlerins si seulement leur décorateur y avait songé. Les fenêtres donnaient avec générosité sur l'étang peuplé de jolies grenouilles et de petits poissons, et sur un charmant bois du Massachusetts planté d'érables rouges et de bouleaux. Baum détestait la campagne et préférait voir le soleil se lever sur Beekman Place à tout ce que pouvait offrir l'Amérique rurale, et de loin. Cependant, maintenant que les plantations d'automne étaient en pleine floraison, il devait admettre que les asters, les pensées et les chrysanthèmes faisaient plaisir à voir, même si ces fleurs n'étaient pas aussi porteuses de vie que les bagels au saumon fumé de chez Barney Greengrass. En hiver, recouvert de neige, on aurait pu croire le paysage peint par Grandma Moses, une artiste peintre qu'il aimait malgré les thèmes ruraux qu'elle affectionnait.

Baum avait toujours détesté la campagne, tout de la campagne : les tiques et les araignées ; les ratons laveurs, certes mignons mais vecteurs de la rage ; les orties ; le chant des grillons et des cigales. Il détestait l'isolement, le silence spectral et les ténèbres de la nuit. Oui, un paysage à la Constable pouvait être beau à couper le souffle – pendant six minutes environ. C'était intéressant à voir, mais une fois passées l'admiration et l'extase, il fallait revenir à la civilisation. Librairies, disquaires, cinémas. Il les appréciait même s'ils avaient quasiment tous disparu. Mais qui veut vivre là où l'on a besoin d'une lampe torche pour aller se promener après dîner ? Certes, les étoiles, libérées des lumières de Broadway, valaient le détour, scintillantes dans leur infinie multitude, mais pour Baum elles étaient terrifiantes. Ces sphères incandescentes de gaz bouillonnant, si immenses, si lointaines. Mon Dieu, l'idée même de ces chiffres, tout ce qui se mesurait en années-lumière. Et toute la *meguila* d'énormes rochers incontrôlables qui volent sans but dans une violence infinie. Que se passait-il là-haut ? On avait beau implorer les étoiles, jamais elles ne réalisaient le moindre de nos vœux, aussi modestes fussent-ils. Aux yeux de Baum, la criminalité et la violence de la ville c'était *bupkis* par rapport à ce qui se tramait dans le ciel nocturne. Il se souvint d'un jour dans un magasin où chacun était resté impuissant tandis que des voleurs avaient raflé sans vergogne la marchandise sous les yeux des vigiles pétrifiés, fixant le canon d'un Glock, une arme omniprésente à New York. Malgré tout, l'espoir existe en ville, on a le choix. Il y a des gens, des véhicules de police, des bons Samaritains et des gardiens d'immeuble. Si on est isolé dans une maison de campagne et qu'une voiture se pointe à 3 heures du matin – alors là, les carottes sont cuites.

Naturellement, toutes ces pensées dérangeantes ne troublaient nullement son épouse, Connie. Son enfance heureuse, sa beauté, son intelligence, le tout consolidé par la foi qu'elle avait en une « puissance supérieure » – à savoir ses rentes, comme disait toujours Baum – la protégeaient de toute angoisse. Il suffisait de la voir, détendue le matin quand elle rentrait de son footing – magnifique créature, grande et altière, avec sa peau blanche, ses cheveux noir de jais, son regard sombre. Pour penser à la méchante reine de *Blanche-Neige*, une bombe cruelle mais sexy.

« Thane vient ce week-end avec sa petite amie. J'espère que tu te joindras à la conversation au lieu de rester dans ton coin. Je suis très heureuse qu'il ait l'air de tenir à cette fille.

– Je l'ai déjà rencontrée ?

– Toi, non, mais moi, oui. Tu l'aurais rencontrée si tu étais venu au lancement de son livre.

– J'avais de la fièvre.
– Tu parles. Tu es jaloux de lui, mais tu aurais pu prendre sur toi et venir ne serait-ce qu'une petite heure.
– Connie, est-ce qu'on ne pourrait pas...
– C'est bon... le débat est clos. Quoi qu'il en soit, c'est une fille charmante, et de toutes celles qu'il a ramenées à la maison, c'est avec elle que j'aimerais qu'il reste.
– OK.
– Et vendredi, il y a une équipe de tournage qui vient ici. Ils font un reportage sur Thane et son livre. C'est un tel événement. Est-ce que je t'ai dit qu'il en a déjà vendu trente-cinq mille exemplaires ? Tu te rends compte, pour un premier roman ?
– J'avais prévu d'écrire ce week-end. Faut vraiment qu'une équipe de tournage vienne ici ?
– Arrête de ronchonner. Ils vont peut-être vouloir nous interviewer, donc cherche quelque chose de gentil à dire. Force-toi. Et arrête d'affirmer que je défends aveuglément Thane et de faire tes mauvaises blagues sur Jocaste. »

Connie. Constance. Connie et Thane. Il adorait le prénom Constance. C'était tellement vieux jeu. À la fois désuet et pétillant. La ravissante rejetonne à la chevelure d'ébène de deux Juifs non-pratiquants de Beverly Hills. Pourrie gâtée évidemment. Papa le puissant agent, Ben Lister, et maman, l'ancienne actrice, Holly Neal. Holly avait été une starlette renversante qui n'avait jamais véritablement percé. Pour finir, elle en avait eu assez de se faire draguer par tous les directeurs de casting de la ville, elle avait jeté l'éponge et était devenue agente immobilière ; elle avait dit adieu à l'industrie du cinéma pour vendre des châteaux français, des maisons en briques d'argile à la mexicaine et des villas italiennes sur Sunset Boulevard, et louer des résidences jadis habitées par Clark Gable, Katharine Hepburn voire Esther Williams à des stars de cinéma âgées de vingt et un ans qui gagnaient des sommes astronomiques – le tout lui permettant de toucher de généreuses commissions. C'était ainsi qu'elle avait rencontré Ben, en lui vendant une demeure à Malibu avec piscine et court de tennis.

Connie, fille unique, avait grandi parmi des enfants de célébrités, des gamins pour lesquels des fêtes d'anniversaire à thème étaient organisées et qui regardaient en avant-première des films dans les salles de projection de leurs parents, et elle avait détesté cela. Elle avait choisi de partir sur la Côte Est poursuivre ses études à Harvard. Elle avait épousé un ophtalmologue reconnu à Boston, un mariage qui dura quatre ans. Elle s'unit ensuite à l'architecte Philip Dunn, un génie névrosé rencontré à Londres avec lequel elle passa des années dans les Cotswolds. Connie aimait les bois et les champs, les toits de chaume, les jardins, les hommes brillants. Ils eurent un enfant, et lorsque leur pote, le décorateur Damian Bass, suggéra le prénom Thane, ils l'adoptèrent aussitôt. Ils s'installèrent à New York où elle eut une aventure avec Damian Bass, ce qui mit fin à son mariage. Dunn prit ses excentriques cliques et claques pour rentrer à Londres, et elle conserva la maison de campagne qu'ils avaient achetée à quelques kilomètres de Great Barrington. Quoi qu'ils ne se vissent presque jamais, elle resta amie avec son ex.

Connie possédait un pied-à-terre à Manhattan mais passait le plus clair de son temps à la campagne. Elle chérissait l'idée d'être unie à une puissance créatrice, habitant une demeure recouverte de vigne vierge et de roses et recevant de temps à autre dans son salon la fine fleur des esprits délicats et des âmes élevées. Elle crut avoir rencontré cet artiste inspiré en la personne de Baum lorsqu'elle le vit la première fois, mais les choses se déroulèrent autrement. Cependant, s'il l'avait déçue, on ne pouvait pas en dire autant des Berkshires. Elle jardinait, elle confectionnait des bijoux et fréquentait des amis qui possédaient des résidences principales ou secondaires autour de Lenox et de Stockbridge. Elle éleva Thane, un enfant sensible qui avait les cheveux alezan et le profil patricien de son père, ainsi que l'intensité nerveuse et le charme passif-agressif de sa mère. Connie adorait Thane, pour lequel elle incarnait la perfection. Il aurait fait n'importe quoi pour lui plaire, pour gagner son amour qu'il possédait déjà mais dont il cherchait inlassablement à obtenir la preuve.

Et si elle fréquentait une ribambelle d'hommes intéressants, c'était la perspicacité précoce et la sophistication juvénile de son fils qui avaient la mainmise sur la plus grande part de son cœur. Elle le gâta tout comme elle l'avait été, d'autant plus qu'il était agréable à vivre et qu'elle était sceptique à l'idée de se remarier après que ses deux unions précédentes eurent échoué. Elle emmena Thane en ville ; au cinéma, au théâtre, au musée, à des concerts. Durant leurs virées ils dînaient dans de grands restaurants, échangeaient avec ferveur, parfois en français. Il adorait la nature sous toutes ses formes kaléidoscopiques, photographiait les oiseaux et élevait des fourmis. Il lisait abondamment et sa mère adorait lui faire la lecture, et pour son dixième anniversaire, elle lui acheta une édition reliée de l'*Encyclopedia Britannica* parce que c'était tellement plus charmant que de la consulter sur écran.

Contrairement à Baum, le temps et l'espace ne mettaient pas Connie dans tous ses états. Elle se sentait plus qu'à la hauteur des comètes et des étoiles filantes qui le terrifiaient tant, et ne craignait nullement les mystérieux trous noirs qui absorbaient au quotidien des millions de soleils, une statistique qui, s'il s'attardait à la considérer, paralysait Baum. Un jour, quelqu'un lui donna un exemplaire d'une revue trimestrielle de premier ordre dans lequel était publié un portrait de Tadeusz Borowski qu'un certain Baum avait écrit. Elle le trouva brillant ; il lui donna envie de lire le livre de Borowksi, *L'Adieu à Maria*. Pour la seule et unique fois de sa vie, elle écrivit une lettre d'admiration à Baum, pour le remercier de lui avoir fait connaître l'auteur. Lettre à laquelle Baum répondit poliment en lui recommandant plusieurs autres livres sur la Shoah, y compris un ouvrage de son cru. Elle lui écrivit de nouveau en retour, reconnaissante. Il fallut des années avant que leurs chemins respectifs ne se recroisent, mais le jour venu cela fit des étincelles.

Baum la regarda disparaître dans la maison et lui emboîta le pas. Elle monta se doucher et il gagna la cuisine pour se préparer un sandwich au fromage. Il coupa un morceau de gruyère moelleux sur la planche en bois qui avait été utilisée la veille pour servir des hors-d'œuvre à Damian Bass qui leur avait rendu visite. Bass avait il y a longtemps acheté une maison à quelques kilomètres de là, et avec son épouse, Nora, c'étaient eux qui avaient encouragé Connie et Dunn à envisager vivre à la campagne autour de Tanglewood. Baum redoutait que Connie ne se fût jamais remise de son béguin pour Damian Bass. Elle avait trompé Dunn avec lui, alors pourquoi ne remettrait-elle pas le couvert ? Damian avait une nouvelle épouse et semblait s'être calmé mais il n'avait rien perdu de sa superbe. Bass était un grand scénographe, un artiste reconnu, et il ne fallait pas oublier que Connie en pinçait pour les âmes créatrices. Baum se demandait s'ils ne se bécotaient pas de temps à autre derrière un arbre. Après tout, ils étaient voisins. Ce serait très pratique. L'intimité entre Connie et Baum n'était plus au beau fixe depuis deux ans, et comme avec tout ce qui avait tendance à décliner, le temps ne faisait qu'accélérer le processus.

« Je crois qu'elle couche avec Bass, se dit-il à voix haute.

– Et moi, je crois que tu perds la boule. »

Ainsi s'amorça sa conversation avec lui-même.

« Je sais. Tu vas me dire que je suis parano.

– C'est pire que jamais. D'abord ton frère Josh, et maintenant Damian.

– Que veux-tu que je te dise ? Mon mariage s'est détérioré.

– Évidemment, tu n'es pas à la hauteur de ce qu'elle espérait.

– Je t'en prie, arrête… Tu risques de dire quelque chose que tu regretteras.

– Elle te croyait destiné à de grandes choses. Elle pensait que tu allais l'emmener vers les étoiles. Elle aussi a un ego, tu sais.

– Tu m'étonnes.

– Mais tu es encore loin des étoiles.

– Parce que je suis exigeant. Je place la barre très haut.

– Tu sais ce que je réponds à ça ? Ha !

– Alors dis-moi, monsieur Je-sais-tout, pourquoi mes romans ne semblent pas émouvoir les gens.

– Je peux te parler franchement ? Parce que tu veux trop être génial. Ta fiction est didactique. Tu veux changer la vie des lecteurs, transmettre ta sagesse. C'est assommant, Asher... Pour toi, tout plaisir est futile.

– Je ne suis pas un poids plume. J'ai trop de trucs en moi. Je suis profond. C'est si néfaste pour un auteur ? Va dire ça aux grands écrivains russes.

– Tu me demandes mon avis. J'essaie d'être sincère avec toi. Elle croyait épouser un artiste. Tu as un talent modeste et tu vends bien ta salade.

– Tu commences à sérieusement m'énerver. Tu ne sais pas de quoi tu parles, bordel. Entretemps, ce petit poussin choyé, ce coucou de Midwich, est considéré comme un artiste parce qu'il a vendu trente mille exemplaires. Connie croit même qu'il va gagner le Pulitzer.

– Elle est fière.

– Fière ? Elle s'enflamme, mais pourquoi ? Pour un best-seller à deux balles ?

– Et les critiques, qu'est-ce que tu en fais ? Elles ne sont pas de n'importe quelle plume en plus. Tout le monde parle de sa profondeur et de son talent satirique.

– Je n'ai jamais pu supporter ce gamin. Un petit merdeux pourri gâté et méprisant qui a réponse à tout. Et d'une arrogance avec ça... Selon lui, je ferais mieux de changer d'après-rasage. Je devrais opter pour un parfum moins désagréable parce qu'il est convaincu que ses problèmes de sinus viennent de là. Je l'ai trouvé insupportable dès notre première rencontre, il y a des années, quand elle l'a emmené à la fête du nouvel an. À neuf ans, il portait un costume-cravate et tenait un cocktail à la main. L'enfoiré. Il a renversé son Shirley Temple sur ma veste. J'ai eu envie de le tuer. Crois-moi, ça n'avait rien d'accidentel.

– Il ne l'a pas fait exprès, j'en suis sûr.

– Qu'est-ce que tu en sais, bon sang ? Le gosse m'a tout de suite détesté parce qu'il redoutait que je prenne sa place auprès de sa mère. Il a senti qu'il y avait des étincelles entre Connie et moi à la minute même où on s'est rencontrés, donc il a renversé son Shirley Temple sur ma veste en tweed et il a prétendu que c'était un accident.

– Thane, Connie et Damian Bass, ton frère et Connie, non mais tu t'entends ? Je crois que tu as un pète au casque.

– Je te dis que Josh se l'est tapée le soir de la tempête de neige.

– Et tu as des preuves ?

– C'est que tu ne connais pas Josh.

– Mon Dieu, mais c'est la famille. Vous étiez proches quand vous étiez petits.

– Oui, on était proches, mais en grandissant on s'est éloignés. Tu ne le connais pas, c'est tout. Seul avec une femme magnifique un soir de neige. Bon sang, il sauterait un serpent s'il y avait quelqu'un pour tenir la tête de l'animal. Tu ne te rends pas compte, parce qu'on est frères, parce qu'on a grandi ensemble, mais on est à l'opposé l'un de l'autre. Il croque la vie. Il aime randonner et chasser. Il séduit plein de femmes, et moi je…

– Toi, tu es un *schlemiel* qui a peur de se faire aspirer par un trou noir.

– Je ne peux pas croquer la vie. Tu n'as qu'à me faire un procès, si tu veux. Pour moi, la vie, c'est une sale affaire. Je ne suis pas comme Josh. Il est très sociable. Moi pas. Je ne vois pas d'un bon œil mes semblables, et je suis entouré de six millions de corps qui me prouvent que j'ai raison. »

À ce moment-là, Connie passa la tête par la porte entrouverte de la salle de bains à l'étage.

« Tu m'appelles ? lança-t-elle.

– Non, non.

– Tu as fait pareil l'autre jour. Je t'ai vu par la fenêtre de l'autre côté de l'étang. Tu gesticulais comme si tu étais en pleine conversation.

– Je répétais probablement une nouvelle scène sur laquelle je travaille. Je caresse l'idée d'écrire une autre pièce. Ce ne sont pas ces prétentieux théâtreux de mes deux qui vont me décourager.

– C'est désagréable de se faire éreinter par la critique, je n'en doute pas, mais je te l'ai dit quand tu m'as parlé de ton idée, que c'était ampoulé. Franchement, Asher, arrête de parler tout seul. C'est flippant. »

Et là-dessus elle s'enferma de nouveau dans la salle de bains.

Baum se sentit coupable de douter de son frère. Josh était quelqu'un de bien, un frère aimant, et il avait très bien réussi dans l'immobilier. En vérité, Baum espérait que Josh investisse de nouveau s'il écrivait une autre pièce, ce qui était loin d'être gagné étant donné son récent échec. Sans compter que le thème sur lequel était fondée l'intrigue à laquelle il songeait – la famine dont ont souffert cinq millions de Russes à cause de Staline et du silence de Dieu – ne semblait pas particulièrement porteur au théâtre. Pourtant, Baum était convaincu que seul ce genre de sujet valait la peine qu'on y consacre du temps. Il reconnaissait que les gens avaient besoin de se divertir en allant au théâtre, mais là n'était pas le but des grandes œuvres littéraires. Pour oublier la réalité, mieux valait compter sur la télévision et Hollywood. Certes, Chaplin faisait rire Baum, mais si ses films avaient une quelconque profondeur, c'était parce qu'ils montraient aussi la souffrance.

Connie sortit de la salle de bains douchée et étincelante, d'autant plus attrayante avec ses cheveux encore mouillés. Elle enfila un jean et une chemise à carreaux.

« Je dois aller en ville demain ou après-demain. Juste pour la journée, lui annonça-t-il. Tu as besoin de quelque chose ?

– Qu'est-ce qui se passe à New York ?

– J’ai des rendez-vous. Il faut que je voie Josh pour lui parler de quelque chose.

– De quoi ?

– Oh, un truc au sujet du testament de notre père. Ça fait deux ans qu’il est mort, tu te rends compte ? Et mon agent veut me parler.

– Scott ? Qu’est-ce qu’il veut ?

– Je ne sais pas. Il n’a pas voulu m’en dire plus au téléphone, donc évidemment je suis un peu inquiet. Il m’a promis que ce n’était rien, mais je connais Scott Bell, et chaque fois qu’il prend sa voix à la Orson Welles, je sais que quelque chose se trame.

– Si j’étais toi je prendrais le train. J’ai remarqué que tu étais distrait au volant ces derniers temps.

– Non.

– Tu marmonnes. Et ta vue ne va pas en s’améliorant.

– Tu exagères.

– Je t’ai dit, au fait, que le livre de Thane est dans la dernière sélection du National Book Award ?

– Mmm-mmm.

– Allez, essaie au moins de montrer un peu d’enthousiasme. Je t’annonce une bonne nouvelle et soudain tu tires la tronche. Il n’a que vingt-quatre ans. Son premier roman. Tu es tellement peu généreux.

– Je l’ai complimenté sur son livre. J’ai juste dit que je n’aimais pas le titre.

– C’est quoi le problème avec *Le Cœur biseauté* ?

– Ça veut dire quoi ? C'est prétentieux.

– Je ne parlerais pas de prétention si j'étais toi, avec tes sinistres visions dystopiques. À une époque, je l'avoue, je trouvais tragiquement romantique ton cynisme, mais j'ai passé l'âge.

– Le cynisme c'est l'autre nom du réalisme, maugréa Baum, savourant secrètement cette inspiration spontanée.

– Selon la presse, le potentiel de Thane est sans limites, répliqua Connie. Les critiques l'ont remarqué dès qu'il a publié pour la première fois dans *Zoetrope*. Sa nouvelle sur les flamants roses a été remarquablement reçue. Et maintenant, avec son premier roman, il fait un tabac.

– Ce n'est pas son premier roman. J'ai vu le premier et il n'était pas très bon. Il a découvert qu'un roman devait être dix fois plus long qu'une nouvelle, mais ce n'est pas dix fois plus difficile à écrire… c'est cent fois plus dur. Il a eu raison de le jeter.

– Je crois que tu es tout simplement jaloux. »

Et voilà pourquoi Baum ne pouvait plus parler à Connie. Il fut un temps où ils pouvaient discuter, partager leurs sentiments, échanger, s'opposer, rire. Mais c'était avant, et maintenant voilà ce qui se passait, et le présent était loin d'être aussi enchanteur que le passé.

Le passé, c'était un joyeux réveillon de nouvel an que Sid Green et sa femme avaient organisé voilà quelques années dans leur appartement à l'angle de Central Park West et de la 92e Rue. Sid était un journaliste spécialisé dans les faits divers, et plus ils étaient horribles, mieux c'était. Meurtre, viol, empoisonnement, étranglement, décapitation : Sid en faisait ses choux gras. Baum et Sid s'étaient liés d'amitié au fil de leurs carrières respectives dans le monde du journalisme à Manhattan, et la turpitude démesurée qui rôdait partout continuait de surprendre et de terrifier Baum. Des gens en apparence très aimables – d'ordinaire des hommes mais parfois des femmes –, que l'on croisait au supermarché, à l'animalerie, à la poste; des individus affables, chaleureux, qui souriaient, sifflaient, plaisantaient, qui parfois s'arrêtaient pour aider des inconnus à trouver leur chemin ou qui tendaient la main à quelqu'un venant de glisser et de tomber; des personnes que l'on pourrait même inviter à dîner chez soi avec femme et enfants. L'on apprenait que n'importe lequel d'entre eux cachait dans son sous-sol des corps tués par balles, étranglés, ou Dieu seul savait quoi... même cannibalisés. Sid écrivait avec brio sur ce genre de personnages : l'instituteur on ne peut plus gentil chez qui la police débarquait pour perquisitionner et découvrait des collections de magazines porno, des vidéos choquantes, des photographies de femmes attachées, sans parler des couteaux, de la machette, des menottes, des gants en caoutchouc, des chaussures, des sous-vêtements et des corps démembrés d'une demi-douzaine d'étudiantes. Cela aussi faisait partie intégrante de l'humanité, songeait Baum, de la volonté divine, si l'on était croyant. Nous autres mortels n'étions tout simplement pas en mesure de le comprendre, mais mieux valait croire que les étudiantes démembrées s'inscrivaient dans quelque chose de plus vaste et de plus beau. Jamais Thane ne se pencherait sur ce genre de sujet, mais Baum si, comme l'aurait fait Dostoïevski, même si le cœur corrompu de l'homme ne vendrait jamais trente-six mille exemplaires.

Mais ce n'était pas l'heure de demander à son ami de lui raconter les détails morbides de la dernière perfidie en date. Tout le monde buvait. Buvait et savourait ce réveillon, sans se rendre compte que le tueur le plus dangereux déambulait dans la pièce, incognito, sous les yeux de tous. Et les secondes s'égrenaient fatalement vers minuit. Adieu l'année passée qui se traînait jusqu'à la ligne d'arrivée éreintée et meurtrie, et vive la nouvelle qui s'annonçait avec son lot de rêves, de projets et d'espoir de décrocher le cocotier. Et au milieu de tout cela se trouvait Baum, debout, seul, submergé par la mélancolie et le « Ce n'est qu'un au revoir » que l'assistance entonnait, remarquant malgré lui la brune élancée, « le long bonbon » comme son frère Josh n'eût pas manqué de la qualifier.

« C'est qui, cette apparition en velours noir aux bras du cavalier de neuf ans en costume Ralph Lauren ?

demanda Baum à Sid Green. On dirait que le gamin va sortir un étui à cigarettes, en tirer une Marlboro avant de la tasser et de l'allumer.

– Viens, je te la présente. »

Connie, dont la tenue Saint Laurent dessinait parfaitement chaque courbe de sa silhouette, avait été invitée et était venue accompagnée de Thane afin qu'il pût assister au feu d'artifice de minuit. Sid Green entraîna Baum vers Connie et dit : « Connie Lister, Asher Baum.

– Oh, mon Dieu, s'exclama-t-elle. Quelle belle surprise. Vous êtes la seule personne à laquelle j'aie jamais écrit une lettre d'admiration, et vous avez eu l'amabilité de me répondre. Thane, viens là, j'aimerais que tu rencontres un homme très intelligent.

– Ça va ? demanda Baum, tendant la main.

– Et vous ? » répliqua Thane, la lui serrant. Après quoi, il s'empressa de jeter un coup d'œil à sa mère et, s'apercevant qu'elle fixait Baum, il se retourna vers le nouveau venu et le fusilla du regard. Baum fut stupéfait d'apprendre que c'était elle qui lui avait écrit la lettre d'admiration la plus enthousiaste qu'il avait jamais reçue, et alors qu'ils s'isolaient tous deux dans un coin pour poursuivre leur échange, Thane parvint à renverser un plein verre de Shirley sur la veste en tweed que Baum avait achetée chez Saks. Connie fut horrifiée, et ce fut la seule et unique fois que Baum l'entendit parler sévèrement à son fils. Après s'être fait remonter les bretelles, Thane se roula en boule sur le sol dans le bureau vide et s'endormit. Pour Connie et Baum, qui conversèrent jusqu'à l'aube, la nouvelle année qui déjà démarrait en trombe portait toutes les promesses qu'ils avaient tous deux appelées de leurs vœux.

Si Baum ne pouvait plus désormais parler avec Connie, c'était tout sauf le cas lorsqu'ils se rencontrèrent. Ils se racontèrent leurs parcours respectifs ; elle, la femme belle et instruite, élevée dans la ville frivole du cinéma et de la télévision, mariée à un brillant médecin qui n'avait tout simplement pas de temps à lui accorder entre ses patients et ses innovations oculaires. Après quoi elle avait épousé un célèbre architecte qui n'avait pas tardé à se désintéresser d'elle sexuellement parlant, pour quelque raison incompréhensible que ce fût, ce qui l'avait poussée dans les bras d'un ami proche de ce dernier, encore un monstre sacré de la créativité, avant de finir par se retrouver seule, ce qui n'était pas pour lui déplaire, dans un joli coin des Berkshires où elle élevait un fils particulièrement intelligent. Elle s'était juré de ne plus jamais se marier, mais c'était sans compter sur l'arrivée dans sa vie de Baum. Intellectuel, déterminé à se mesurer à rien de moins qu'aux maîtres russes et à Kafka, il incarna à ses yeux le prince charmant qui n'existait pas, elle le savait, mais qu'elle attendait néanmoins.

Il la captiva en lui détaillant sa propre histoire autour d'un verre au Chumley's, à la Minetta Tavern ou devant un dim sum dans Chinatown, ou encore en écumant les galeries d'art qu'il avait autrefois tant aimées avec Tyler dans le *downtown* de Manhattan. Connie passa plus de temps dans son pied-à-terre new-yorkais, non pas qu'elle se fût vraiment adaptée à la ville, mais c'était la seule façon pour elle de passer plus de temps avec lui. Parfois, il se rendait en voiture jusque dans sa campagne, où elle cuisinait pour lui. Thane était de ces dîners, et parfois, à l'occasion d'un rendez-vous dans Manhattan, d'une pièce sur Broadway, d'une exposition au Met, voire d'un repas d'exception au Cirque, elle lui demandait si elle pouvait venir avec son fils, si cela ne le gênait pas. Elle affirmait vouloir lui faire connaître la culture, l'art, la musique, le théâtre. Cela le gênait un peu, mais pas au point de refuser. Tout comme avec l'acteur qu'elle avait fréquenté à une époque, qui l'avait invitée à Paris où elle était venue avec Thane, celui-ci fut du voyage lorsque Baum proposa de passer une semaine en amoureux à Venise. Il lui était peu à peu devenu évident que l'une n'allait pas sans l'autre, et que si l'on voulait Connie, il fallait faire avec Thane. S'il n'aimait pas cette situation, il ne la détestait pas non plus, il était amoureux d'elle et si être avec elle impliquait d'accepter cette manie, il décida qu'elle le valait bien. Si seulement Thane n'avait pas été un petit morveux qui avait réponse à tout.

Parmi les détails de sa jeunesse à Brooklyn et l'extravagance de ses échecs matrimoniaux, il y avait

Tyler, sa seconde épouse – qu'il évoquait avec parcimonie et sarcasme –, ainsi que, naturellement, ses hautes ambitions. En attendant, il gagnait sa vie en publiant des articles, quelques recensions de livres, de temps à autre des critiques de films pour de petites revues, sans oublier ses travaux de non-fiction, en particulier le long essai dans lequel il comparait le point de vue de Bruno Bettelheim sur la vie dans les camps de concentration avec celui de Primo Levi, un essai qui avait fait un peu de bruit dans certains cercles restreints. Ce qu'il visait, confia-t-il à Connie, ce qu'il appelait de ses vœux et qu'il était convaincu de pouvoir faire, c'était de créer à partir de sa seule imagination ; d'écrire de la fiction, non pas simplement du reportage mais des histoires susceptibles de toucher les gens, d'entrer en résonance avec leurs émotions, leurs désirs les plus ardents et leurs peurs les plus profondes. Il voulait bien laisser à des esprits moins élevés la tâche de s'enrichir avec d'éphémères romans à succès. Il n'allait pas gâcher sa vie avec de telles niaiseries. Vendre, c'était vendre son âme.

Soutenu désormais par Connie, il s'était senti plus confiant que jamais. Elle lui avait dit à l'époque, alors qu'ils étaient allongés tous les deux dans sa chambre après avoir fait l'amour : « Tu vas y arriver, parce que tu écris de belles phrases et que tu as un esprit supérieur. Tu es lucide. Tu vois la vie telle qu'elle est, non pas telle que les gens voudraient qu'elle soit. Tes buts sont nobles, et je vais t'aider à les atteindre. J'ai lu quelques-unes des tes nouvelles et je sais ce que tu vises. Je crois en ton avenir. »

Après ce petit moment d'encouragement, ils s'étaient remis à faire l'amour. Ainsi allaient les choses au début, mais au fil des ans, jamais il ne parvint à ses buts. Il pondit laborieusement quelques romans, et certaines pièces, à en croire les critiques, montrèrent « de bonnes choses », mais Dostoïevski et Kafka pouvaient dormir tranquilles, et la foi de Connie placée mal à propos dans son talent devint un problème.

Il se révéla être un artisan appliqué, livrant des œuvres inégales dans lesquelles on décelait parfois l'influence des grands. Les années s'écoulant, Connie, qui avait l'habitude des génies, se retrouva à soutenir un mari respectable et aimant, doté d'ambitions admirables mais qui manquait tout simplement de talent. Et qui n'était certainement pas le foudre de guerre que son premier et même son second mari avaient été. Dans ces circonstances, cela relevait-il vraiment de la paranoïa de croire que sa femme cédait aux avances d'un frère qui était tout ce que vous n'étiez pas, ou d'un décorateur avec lequel elle avait autrefois couché, qui était effectivement un génie et qui vivait derrière la haie au bout de la rue ? Ajoutez à cela la colère réprimée provoquée par son adulation obsessive d'un petit génie arrogant dont le talent était désormais confirmé par ce qui, pour Baum, était un ramassis de grossiers philistins. Entre Baum et le petit con (comme Baum l'appelait), le petit con passait toujours en premier. Ce petit roi, plus si petit mais toujours roi, le roi de Thèbes si l'on avait l'esprit mal tourné, se retrouvait parmi les finalistes du National Book Award. Pas étonnant que je me parle à moi-même, non ? songea Baum. Tout cela n'était pour lui qu'une injustice de plus dans cette cruelle existence qui tentait de faire passer sa malveillance pour de l'indifférence.

Thane avait une garçonnière à New York dans l'East Village. C'était un vieil atelier charmant transformé en studio dans lequel il vivait et travaillait, mais il passait ses week-ends chez sa mère à la campagne, où il aimait marcher dans les bois, lire, nager, et faire en hiver des feux de cheminée devant lesquels se prélasser. Il venait souvent en compagnie d'une petite amie pour entretenir sa libido, et où trouvait-il des déesses pareilles ? Où diable existait-il de telles créatures ? s'émerveillait Baum. Des mannequins, des actrices, enchanteresses au-delà du raisonnable. On aurait pu les croire à peine débarquées d'un vaisseau spatial en provenance d'une autre planète où la perfection était la norme. Certes, Thane était plutôt beau gosse, et il avait beaucoup de succès maintenant, mais au fond c'était le fils à sa maman. Elles finiraient par le comprendre. À présent il était amoureux, apparemment.

La fille en question ne savait pas où elle mettait les pieds. Mais bon, ce n'est pas mon problème, pensait Baum.

« Pourquoi Scott, mon agent, veut me voir, à ton avis ? s'interrogea Baum le lendemain alors qu'il roulait sur l'autoroute menant à Manhattan.

– Je ne sais pas », se répondit-il. À un feu rouge, une voiture s'arrêta à sa hauteur et la femme au volant le vit se parler avec ferveur. Elle haussa les épaules, désabusée, avant de redémarrer.

« Il semblait sérieux au téléphone, dit Baum à Baum.

– Tu connais Scott. Il a tendance à tout exagérer.

– Tu crois ?

– Tu ne crois pas ?

– Qu'est-ce que tu insinues ? Arrête d'être évasif comme ça tout le temps.

– Réfléchis, Asher. Pourquoi veut-il tout à coup te parler et pas au téléphone ?

– Tu m'inquiètes.

– Je crains le pire.

– Tu penses à cette femme ?

– Laquelle ?

– Cindy, Mindy Loo. La Chinoise, je ne me rappelle plus exactement son nom.

– Elle s'appelait Cindy Tanaka, et elle était japonaise. Elle t'a interviewé au sujet de ta pièce.

– Qu'elle a aimée.

– Oui. Et tu l'as trouvée tellement intelligente.

– Elle a posé toutes les bonnes questions. Elle a saisi toutes les références. Elle connaissait Hannah Arendt comme sa poche. Elle m'a impressionné.

– Tu crois qu'elle pourrait causer des ennuis ?

– Quel genre d'ennuis ? Elle m'a interviewé, on s'est super bien entendus, et elle a manifestement adoré la pièce.

– Asher, c'est à moi que tu parles.

– Qu'est-ce que tu veux dire ?

– Après l'entretien, tu as pris l'ascenseur seul avec elle.

– Oui, et alors ?

– Bah, tu l'as touchée ?

– Touchée ?

– Tu m'as très bien compris. Ne fais pas l'innocent. Tu lui as fait du plat ?

– Mais pas du tout.

– Tu ne l'as pas tripotée ? Tu ne t'es pas collé contre elle ?

– C'est ce qu'elle dit ?

– Je ne sais pas, mais Scott avait l'air soucieux. J'adore ce mot. Ce n'est peut-être pas désastreux, mais ça ne semblait pas bon.

– Au pire, j'ai posé mes mains sur ses épaules et je lui ai fait un compliment affectueux. C'était une fille intelligente et charmante, si je lui ai dit qu'elle était très intelligente ou qu'elle avait une personnalité charmante, c'est si terrible que ça ?

– C'est ce que tu lui as dit ?

– Ou qu'elle était la journaliste la plus jolie qui m'ait jamais interviewé. Et encore, si c'est bien ce que j'ai dit. Je ne m'en souviens pas.
– Tu parles. Je ne te crois pas.
– Nom de Dieu, qu'est-ce qu'elle dit ?
– Je ne sais pas.
– Je crois que tu me caches des choses. »

Baum était au volant de sa Volvo, une voiture qu'il n'aimait pas particulièrement, mais que Connie trouvait extrêmement fiable sur les routes de campagne. En l'occurrence, il tourna sur le George Washington Bridge et fila sur la West Side Highway.

Après avoir pris la sortie Battery Park, il se retrouva prisonnier de la circulation et sa claustrophobie s'empara de lui. La peur d'être pris au piège et de suffoquer était une nouvelle manne céleste. Un jour, à cinquante ans, alors qu'il descendait de plus en plus bas pour se trouver une place dans un parking souterrain, une mystérieuse panique l'avait saisi. Dès lors, une angoisse inédite était venue s'ajouter aux milliers d'autres angoisses naturelles dont avait hérité sa chair. La claustrophobie : impossible de ne pas y passer. Coincé pare-chocs contre pare-chocs, il sentit ses battements de cœur s'accélérer en se demandant pourquoi Scott voulait le voir en chair et en os. De plus en plus anxieux à l'idée de ce qui l'attendait, il abaissa la vitre pour respirer. Ça n'a peut-être rien à voir avec cette folle asiate, se rasséréna-t-il. Qu'est-ce que je lui ai fait ?

Je lui ai dit qu'elle était jolie. Mais est-ce que je lui ai vraiment dit ça ? Et *même si* je lui ai dit ça, est-ce que ça fait de moi un criminel ?

Il lui fallut une éternité pour s'extraire des bouchons et, bloqué derrière un camion-poubelle à regarder les éboueurs jeter méthodiquement dans la benne les sacs plastique d'ordures de la population, il marmonna des insultes et sa pression artérielle ne cessa de croître. Lorsque le camion redémarra et qu'il put enfin avancer, il était si absorbé dans ses pensées qu'il freina trop tard et ne put éviter de heurter légèrement la voiture devant lui. Le conducteur, un spécimen effrayant couvert de tatouages, lui lança un regard noir comme si Baum venait d'assassiner son enfant. Il quitta le volant pour s'assurer que son précieux SUV n'avait subi aucun dommage, ce qui était le cas, puis remonta à bord avant de s'éloigner, sans oublier d'adresser à Baum un doigt d'honneur.

La dernière chose dont Baum avait envie, c'était de se retrouver aux prises avec un inconnu tatoué et furibard qui sort de ses gonds au volant. Dans cette ville, n'importe quel citoyen pouvait être un ancien militaire entraîné pour tuer, armé jusqu'aux dents et affecté d'un syndrome post-traumatique. Connie avait voulu acheter un pistolet il y avait quelques années de cela, mais Baum s'y était opposé. Elle avait beau répéter que la campagne était plus sûre que la ville, cela ne l'empêchait pas de vouloir posséder une arme. Baum avait défendu son point de vue et eu gain de cause. Pour lui c'était folie pure : il pourrait y avoir un accident, elle pourrait tirer sur quelqu'un par erreur. Il était convaincu que ça serait lui et non Thane qui se ferait abattre. Pour une fois, elle l'avait écouté. S'il fallait bien mourir, Baum ne voulait surtout pas d'une mort violente. Jadis, sur le ferry de Staten Island, un cinglé armé d'une épée de samouraï s'était précipité sur un autre passager et l'avait massacré. Il y a tellement de façons de mourir, songea Baum, mais les chances de se faire trucider à coups d'épée de samouraï sur le ferry de Staten Island étaient tellement infimes qu'il n'y avait aucune raison de s'inquiéter.

Baum s'engouffra dans le parking le plus proche et, pour la modique somme de dix-huit dollars, se gara.

Josh vivait dans un charmant nouvel appartement à Battery Park. Tout en baies vitrées. Le verre, le matériau de construction de l'homme moderne. Si l'homme des temps anciens avait connu le verre, on aurait pu admirer à travers les pyramides les momies dans leurs sarcophages magnifiquement décorés. Baum s'était toujours dit que le pire boulot de tous les temps, c'était d'être au service du pharaon, car lorsque mourait votre maître, on vous enterrait avec lui, même si vous étiez en parfaite santé. Servir le maître dans l'au-delà relevait de votre devoir, et tout le monde acceptait sans sourciller cette absurdité, quoique Baum se demandât si entre eux les domestiques n'évoquaient pas la possibilité de démissionner.

Chez Josh, le panorama était spectaculaire. Chaque pièce donnait sur l'East River, l'Hudson et au loin la statue de la Liberté qui faisait mine d'accueillir les immigrés en quête d'une vie meilleure.

« Qu'est-ce que je peux faire pour toi, Asher ? Tu as une autre pièce ?

– Pas encore.

– Si tu as besoin d'un soutien financier, tu peux compter sur moi. J'ai adoré la dernière. Je me fous complètement de ce que disent ces abrutis de critiques.

– Je ne lis pas vraiment ce qu'ils écrivent.

– Vaut mieux pas.

– Je ne crois que les commentaires négatifs au sujet de mon travail, je ne fais jamais confiance aux éloges.

– Je comprends. C'est bien ce que je dis, c'est tant mieux que tu n'aies pas lu les critiques de ta dernière pièce.

– Tu as l'air en forme », remarqua Baum. Et c'était le cas. Pantalon blanc, chemise blanche, mocassins Gucci beiges, pas de cheveux gris, il vieillissait bien avec sa belle tête à l'italienne. Il avait réussi à ne pas avoir l'air juif, Dieu seul savait comment. Son frère avait du style. Il avait hérité des quelques bons gènes familiaux, se dit Baum. Moi, j'ai eu droit aux calculs biliaires de papa et à la vision négative du monde de maman.

« Alors, qu'est-ce qu'il te faut ? dit Josh. N'hésite pas. Tu sais que je ferais tout pour toi. Tu le sais, Asher, pas vrai ? »

Nous y voilà, pensa Asher. Il se sent coupable. Tout à coup, il est prêt à tout pour moi. Depuis cette nuit-là. Depuis la tempête de neige quand il s'est tapé Connie.

Baum s'enfonça dans le canapé danois de Josh. Tous les meubles provenaient du Danemark, à l'exception de deux chaises italiennes qui auraient aussi bien pu venir des Adirondacks ou de Jupiter. Avec leurs formes abstraites, elles étaient inconfortables au possible et auraient fait de parfaits accessoires sur lesquels Buster Keaton aurait pu essayer de s'asseoir.

« Pas de pièce ? J'espère que tu ne souffres pas d'un de ces syndromes de la page blanche. Ce qu'il te faut, c'est changer de rythme. Tu devrais venir avec moi au Canada. Ça ne te dit pas, la chasse à l'ours ? Je plaisante, je plaisante... tu viens de me jeter un de ces regards.

– Tu devrais faire attention, Josh. C'est risqué, tout ça. Tu ne rajeunis pas. Tu vas tomber d'une falaise un de ces quatre, ou foncer en ski dans un arbre. » Est-ce qu'ils ont utilisé notre lit, se demanda-t-il, ou Connie a-t-elle au moins eu la courtoisie de l'entraîner dans la chambre d'amis ?

« Je me maintiens en forme. Je t'ai montré les photos de mon voyage en Alaska ? Je n'aurai pas l'impression de m'être pleinement accompli tant que je n'aurai pas tué un ours polaire. Jusqu'à présent, je n'ai pas réussi.

– Et après, qu'est-ce que tu y gagneras ? Une peau d'ours sur laquelle faire l'amour ?

– C'est pas si mal, non ? »

Elle lui a sans doute préparé un bon dîner, et bien sûr ils ont bu du vin. Un clos-de-vougeot. Son préféré. Connie n'a besoin que de quelques verres pour se détendre.

« Comment va Connie ? Elle est descendue à New York avec toi ?

– Non, elle est restée dans le Connecticut. »

Je me demande s'ils avaient prévu le coup, ou si c'était sans préméditation.

« Tu veux un autre café jamaïcain ? C'est délicieux, non ? C'est ta femme qui m'a appris à le préparer. Il faut ajouter une goutte de Tia Maria et de la crème fouettée. »

Ah, c'est ça qu'ils ont bu. Après le vin et quelques cafés au Tia Maria pour se donner un petit coup de fouet, elle devait être prête à tout.

« Un, ça me suffit. Ça me monte déjà à la tête. Ce n'est pas mon truc, l'alcool.

– Comme tu veux. Moi, je suis accro. »

Baum finit par accepter un second café jamaïcain. « Bon, si ce n'est pas une pièce que tu cherches à financer, de quoi s'agit-il ? Comment tu te portes, au fait, Asher ? Tu as l'air plutôt bien. Enfin, tu as toujours ton air affligé. L'année dernière, tu m'as fait pas mal peur avec tes vertiges à répétition. Et ils n'ont rien trouvé. Tant mieux. C'est toi qui devrais faire attention. Avec toutes les IRM que tu passes. Ils vont finir par croire que tu as quelque chose, et ils vont t'ouvrir le bide pour vérifier.

– Je voulais te parler de papa.

– Papa est mort.

– Je sais qu'il est mort, Josh. Tu me prends pour un con ou quoi ?

– Il te manque ?

– Il ne te manque pas, à toi ?

– Si, beaucoup.

– Il t'admirait tellement.

– Toi aussi, Asher. C'étaient tous les deux des parents très aimants. Dingues à leur façon, mais géniaux au fond. Qu'est-ce que tu voulais me dire à propos de papa ?

– Il faut qu'on le déterre.

– Pardon. J'ai dû mal entendre.

– Je rêve beaucoup de papa en ce moment, Josh. Il faut qu'on le déterre.

– Qu'est-ce que tu racontes ? T'es maboul ou quoi ?

– Papa était franc-maçon.

– Crois-moi, Asher, je le sais qu'il était franc-maçon. Avec l'œil de la Providence et la poignée de main secrète. Tu te souviens de trois-cinq-sept ou je ne sais quels nombres impairs ? »

Baum commençait à ressentir les effets du second café jamaïcain.

« Écoute-moi, Josh. On avait tellement de choses à faire, avec l'enterrement, ma pièce, ma colonoscopie, et toi qui revenais tout juste d'Afrique.

– Accouche.

– On a oublié de l'enterrer avec son tablier en peau d'agneau.

– Quel tablier en peau d'agneau ? s'enquit Josh. De quoi tu parles, bordel ?

– C'est un truc des francs-maçons. Tu ne te rappelles pas qu'il disait toujours, quand je mourrai, n'oubliez pas de m'enterrer avec mon tablier en peau d'agneau ?

– Qu'est-ce que tu as fumé, Asher ? Tu veux déterrer papa pour qu'on l'affuble de ce *schmatte* ?

– Je l'ai. C'était dans la valise. La marron avec ses initiales. C'est important pour lui.

– Il est mort.

– Arrête de me dire qu'il est mort. Je sais qu'il est mort. C'est un truc maçonnique sacré. D'être enterré avec son tablier en peau d'agneau.

– Tu ferais mieux de te ressaisir, mon vieux. OK, on a merdé. Ça la fout mal, mais ce qui est fait est fait.

– C'était important pour lui, c'était sa dernière volonté.

– J'ai compris. On a fait une erreur, mais il ne le saura jamais, Asher.

– C'est pour l'éternité, Josh. Il voulait être enterré pour l'éternité avec son tablier en peau d'agneau.

– Quand il était encore en vie, Asher. C'était ce qu'il voulait quand il était encore en vie. On a déconné, mais c'est absurde d'exhumer quelqu'un juste pour habiller son cadavre d'un tablier en peau d'agneau.

– Absurde pour toi.

– Tu me surprends. Tu ne crois pas du tout à ce genre de choses. Ni à la religion, ni à la vie après la mort. C'est des conneries, tout ça, pour toi. Ça n'a aucun sens. C'est un de tes thèmes principaux en plus, non ?

– Pour lui, ça avait du sens.

– Il est mort.

– Tu vas arrêter de me dire qu'il est mort ? Bon sang, c'est quoi le problème ?

– Je n'y crois pas. Toi qui dis que l'univers tout entier n'a aucun sens, que la vie, c'est beaucoup de bruit pour rien, que c'est absurde.

– Tout ça est vrai, mais c'était une volonté de notre père.

– Asher, on ne déterre pas quelqu'un comme ça. Il faut faire appel aux pompes funèbres, c'est beaucoup de paperasse. J'ai lu un article là-dessus. À moins qu'ils aient changé la loi, il faut avoir une bonne raison pour obtenir la permission de le faire.

– On a une bonne raison pour le déterrer.
– Quoi ? Parce qu'on veut lui mettre un tablier en peau d'agneau ?
– C'est la dernière volonté d'un franc-maçon. Ils ne pourront pas nous le refuser. Je crois que la famille doit être d'accord.
– Je ne suis pas d'accord. Tout ça dépasse l'entendement. C'est ridicule, laissons-le reposer en paix, nom de Dieu.
– Il n'est pas en paix. Je n'arrête pas de rêver qu'on l'a trahi.
– C'est de la folie. Je ne te laisserai pas déterrer notre pauvre papa pour changer sa tenue. Ce n'est pas un défilé de mode. C'est du blasphème. Je ne sais pas quelle mouche t'a piqué.
– Je n'aime pas le ton sur lequel tu me parles, Josh. On discute là, c'est tout. »
La goutte d'alcool dans le café rendait Baum quelque peu agressif.
« Je refuse de discuter de ça plus longtemps. C'est trop stupide, décréta Josh. Reviens à la raison. Toi, l'athée convaincu, tu te soucies soudain de l'éternité et de la vie après la mort ? Arrête tes conneries.
– Je suis agnostique. Pas athée, corrigea Baum, la bouche légèrement pâteuse.
– Agnostique, athée. En attendant, c'est moi qui suis le Juif le plus pratiquant de nous deux. Toi, tu es tout sauf croyant, tu as toujours pensé que la franc-maçonnerie était un culte idiot avec ses rites

mystiques secrets, et maintenant tu veux profaner la tombe de ce pauvre Jacob Baum alors qu'il y repose depuis des années dans le but de corriger l'erreur que tu as faite en oubliant de l'enterrer avec son tablier en peau d'agneau. J'aimais papa, tout comme toi, mais laisse tomber. Je n'ai jamais entendu une telle idiotie. »

Les deux frères se chamaillèrent et la conversation s'envenima. Des commentaires blessants fusèrent de part et d'autre, et alors que Baum devenait de plus en plus téméraire sous l'effet du Tia Maria, il dit : « Ne crois pas que tu peux me rouler dans la farine. Je ne suis pas né de la dernière pluie.

– Je ne vois pas du tout de quoi tu parles, protesta Josh.

– C'est ça », s'exclama Asher avant de tourner les talons et de sortir sans avoir réussi à convaincre son frère de la nécessité d'exhumer la dépouille de Jacob Israel Baum afin de lui mettre son tablier en peau d'agneau.

Il s'assit sur un banc et contempla la statue de la Liberté tandis que l'air frais aidait à dissiper les effets de l'alcool. Josh sortit de son immeuble, le vit assis là, l'ignora et s'engouffra dans un Uber.

« Tu as vu comme il était mal à l'aise quand j'ai parlé de lui et Connie ?

– Tu n'as pas parlé de lui et Connie. Tu as seulement dit qu'il ne te roulerait pas dans la farine et que tu n'étais pas né de la dernière pluie. Deux clichés.

– Il a compris à quoi je faisais allusion. Il ne savait plus où se mettre.

– Je crois que tu te trompes. Tu te mets le doigt dans l'œil jusqu'au coude. Si ça se trouve, il ne l'a jamais touchée.

– Qui abuse des clichés maintenant ? »

Une femme, le voyant parler tout seul, accéléra le pas en contournant le banc sur lequel il était assis.

« Et c'était quoi, cette histoire de déterrer papa ? Toi qui es convaincu qu'on n'existe plus quand c'est terminé.

– Tu prends son parti ? J'avais promis à papa et ensuite j'ai oublié.

– Comment aurais-tu pu oublier un serment aussi important ?

– Les répétitions de ma pièce allaient de mal en pis, et ensuite il y a eu la crise cardiaque...

– Tu n'as pas eu de crise cardiaque.

– Les symptômes des calculs rénaux peuvent parfois ressembler à ceux de la crise cardiaque.

– Tu n'as pas eu de calculs rénaux.

– L'arthrite peut faire penser à des calculs, et j'ai de l'arthrite. Et puis ça va, avec tous ces symptômes qui se ressemblent, j'ai oublié. D'accord ? Les gens oublient. Ensuite j'ai rêvé de papa, il pleurait parce qu'il n'avait pas son tablier maçonnique et je me suis réveillé en nage, pétri de culpabilité. Josh ne comprend pas. Jamais de sa vie il ne s'est senti coupable. »

Baum songea à quel point ils étaient différents tous les deux. Mêmes parents, mêmes gènes, même éducation, et pourtant tellement différents. Assis sur son banc, il pensa à son paternel. Il pensa même au paternel de son paternel, le grand-père qu'il n'avait jamais connu, Samuel.

Samuel était un comédien de théâtre à Berlin. Il était très connu et comptait parmi ses admirateurs Joseph Goebbels qui sortait souvent au spectacle. Un soir, après une opérette dans laquelle se produisait Samuel Baum, *Der goldene Pierrot*, Goebbels vint en coulisses faire du plat à l'une des jeunes premières. Tandis qu'il attendait qu'elle se démaquille et se change, Goebbels croisa Samuel Baum et les deux hommes se mirent à parler. Goebbels chanta les louanges du comédien. Il dit à Baum qu'il avait souvent pris plaisir à le voir jouer, puis demanda poliment s'il pouvait se permettre de lui donner un conseil. Samuel Baum, curieux, répondit par l'affirmative, après quoi Goebbels déclara : « Si j'étais vous, je quitterais l'Allemagne sur-le-champ avec ma femme. »

Le comédien demanda pourquoi. Samuel Baum savait parfaitement que les libertés individuelles accordées aux Juifs ne cessaient d'être restreintes mais pensait avec optimisme que les persécutions avaient atteint leur paroxysme, qu'à partir de là les choses s'amélioreraient et que la situation en Allemagne reviendrait peu à peu à la normale.

« Parce que, répondit Goebbels, dans l'année qui arrive, les choses vont devenir vraiment terribles pour les Juifs. 1937 n'a pas été une bonne année, mais 1938 va être encore bien pire. Je vous avertis parce que vous êtes un artiste et que je respecte votre travail. Vous feriez mieux de partir maintenant, tant que vous en avez la possibilité. »

Le conseil de Goebbels ne tomba pas dans l'oreille d'un sourd. Avec l'aide de quelques parents éloignés, Samuel Baum et sa femme partirent pour Londres. Où ils restèrent quelques années. Lorsque l'Angleterre commença à être bombardée, ils réussirent à gagner l'Amérique et s'installèrent à New York dans un sinistre appartement d'Eldridge Street. Ce n'était pas le genre d'existence à quoi était habitué Samuel Baum, et d'emblée il détesta l'Amérique. Jamais il ne parvint à s'y habituer, il était toujours grincheux, toujours critique, toujours amer, et sa ville natale lui manqua terriblement. Limité par sa méconnaissance de l'anglais et obligé de travailler dans un restaurant, il décida de poser sa tête sur les rails du métro et, quand la rame arriva, ce fut ainsi que Sam Baum dit adieu à Roosevelt, Joe DiMaggio et Frank Sinatra. Il mourut le 20 avril, le jour de l'anniversaire d'Hitler, simple coïncidence, affirma Jacob son fils unique, que toute notion de mystique ou de destin laissait indifférent. Peu de temps après, Jacob déménagea avec sa femme et ses fils à Brooklyn, près de Prospect Park, non loin du Brooklyn Museum et de la Brooklyn Public Library.

Tout comme Samuel, Jacob était un intellectuel, diplômé de City College et professeur de langue dans un lycée privé, et tout comme Samuel il versait dans la misanthropie et l'insatisfaction. Le monde était cruel et incompréhensible, ses habitants ne faisaient que le corrompre davantage au lieu de le rendre meilleur. Comment ne pouvait-il pas être désabusé ? Enfant, on lui avait appris à adorer et à prier une divinité qui ne rappelait même pas quand on lui laissait un message. Partout où Jacob cherchait une réponse, il n'obtenait rien. Spinoza, juif comme lui, le déçut avec son panthéisme imbécile. Cela ne changeait rien que Dieu résidât dans chacun de nous, dans chaque pierre et chaque fleur. Jacob cherchait un Dieu qui, contrairement à celui de Spinoza, se démarquât de l'existence, l'observât d'en haut, capable et prêt à orchestrer de temps à autre un miracle en cas de besoin. L'acte de foi de Kierkegaard ne le convainquit pas non plus. La foi, pourquoi pas, se disait-il, mais une preuve même infime ne serait pas de refus pour conforter un acte aussi hasardeux. Les religions orientales le tentèrent, mais il ne put renoncer à un seul de ses désirs, et lors de ses dernières années sur Terre, il devint franc-maçon, convaincu par le charabia symbolique de cette doctrine. Et encore, son approche de la franc-maçonnerie était sélective ; il aimait la philanthropie, s'adonnait à la poignée de main secrète et cultivait l'optimisme. Puis son cœur cessa de battre et s'il y avait autre chose, il savait maintenant à quoi s'en tenir.

Quant à sa femme, Rachel, c'était une casse-pieds qui avait une sombre vision du monde et des gens, et Baum avait beau essayer de lui prouver qu'elle avait tort, la partie n'était pas gagnée. Rachel était cultivée et donna deux fils à son mari. Le premier, Asher, puis Joshua. Asher hérita des dons d'histrion malheureux de son grand-père et de l'amour de la littérature de son père. Pour ses dix ans, sa mère lui acheta un microscope parce qu'il s'intéressait à la science. Lorsqu'elle se piqua le doigt avec une épingle à nourrice afin qu'il pût examiner une goutte de sang sur la lame, il s'évanouit.

Le microscope s'avérant incapable de lui révéler les secrets de l'univers, il se tourna vers un télescope, et si l'on pouvait très bien scruter les cieux sans verser de sang, il n'en fut pas moins terrorisé. À l'instar de son père, il était toujours en quête de réponses ; des réponses à quelque chose, à n'importe quoi, à tout. Pendant ce temps, ses parents l'emmenèrent au théâtre, au cinéma, aux concerts, aux expositions. Sa mère l'encouragea à faire de la flûte afin qu'il pût jouer Mozart, s'essaya avec lui au cannabis. Et lorsqu'il écrivit à dix-sept ans un article sur Faust, il réussit à le faire publier dans le numéro de juillet d'une petite revue.

Son frère, Josh, c'était une tout autre histoire. S'il était lui aussi très intelligent, ce dernier se moquait éperdument de la littérature. Les mots sur le papier l'ennuyaient au plus haut point, et il quitta NYU dès sa seconde année d'études pour s'enrôler dans les Marines. Il fut envoyé en Irak, où il fut confronté à une réalité existentielle que son frère ne connaissait qu'à travers ce qu'il lisait. Il risqua sa vie ; et provoqua la mort. Il abattit un jeune Arabe d'un coup de revolver parce que celui-ci avait tenté de saboter un camion de matériel médical. Il prit des risques, et l'idée d'un éternel néant ne sembla pas le décontenancer le moins du monde. Mourir au combat était une alternative acceptable. Certes il était courageux, mais ce qu'impliquait l'idée de disparaître à jamais ne semblait pas le bouleverser, ou si c'était le cas, ce n'était pas aussi désagréable pour lui que pour son frère aîné. Marcher parmi les corps sans vie de ses plus proches camarades dans le désert faisait pour lui simplement partie de la guerre. Ses potes étaient morts, n'étaient plus là, d'accord, il fallait poursuivre son bonhomme de chemin. Asher, lui, sentait ses jambes flageoler rien qu'en voyant passer un corbillard dans Brooklyn.

Josh quitta les Marines, fut renvoyé sur la Côte Ouest et passa deux semaines à Las Vegas avec des types aux côtés desquels il s'était battu dans le désert, avant de rentrer à New York. À Vegas, il paria et gagna beaucoup d'argent. Il eut de la chance partout : aux machines à sous tout comme aux tables de craps et à la roulette, et il se débrouilla si bien au blackjack, jeu auquel il n'avait jamais joué auparavant, que les chefs de table se demandèrent s'il n'était pas en train de compter les cartes. De retour à Manhattan, il investit ses gains sur les conseils d'un ami dans un projet immobilier qui se révéla plus que fructueux, et dès ses trente ans, l'argent ne fut plus du tout un souci pour lui. Il avait tout ce qu'il lui fallait pour voyager, chasser, escalader et charmer ces dames. Asher et lui s'aimaient techniquement parlant, mais Josh n'avait jamais véritablement « pigé » son frère, qui lui avait toujours semblé être un poète tourmenté aux rêves inaccessibles et à l'état d'esprit parasité par la paranoïa. Il ne comprenait pas pourquoi la vie avait toujours l'air de le terrifier, alors qu'il fallait en profiter. Josh ne s'était jamais marié, préférant l'aventure que représentait chaque nouvelle conquête.

À vingt et un ans, Asher, né pour souffrir de la solitude comme on naît autiste, demanda en mariage une charmante jeune femme tout juste sortie de Barnard. Elle s'appelait Nina Glass et elle habitait Central Park West. Leur rencontre fut prometteuse pour deux jeunes intellectuels en quête de sagesse. Elle eut lieu dans une salle spartiate d'une maison décrépite du Lower East Side où un petit homme sans charme faisait une conférence sur le réalisme esthétique. Baum eut du mal à croire à la philosophie de l'unicité antinomique, et en matière d'esthétisme, il avait lu ce qu'en disait Kant et l'avait trouvé difficile à comprendre. Il en avait conclu que l'esthétisme n'était pas un mode de pensée susceptible de l'aider quant aux sujets qui le hantaient, néanmoins, tout comme son père, il était prêt à chercher partout un remède. Mais s'il ne trouva pas dans cette petite salle de conférences décatie les réponses qu'il cherchait, il y rencontra une jolie Juive brune nommée Nina Glass.

Ils étaient venus tous deux non accompagnés, et à l'issue la conférence s'étaient retrouvés presque malgré eux à marmonner de concert sur ce qu'ils venaient d'entendre. Après quelques minutes de conversation, il lui suggéra de boire un cappuccino et elle mordit à l'hameçon. Autour d'une table éclairée d'une simple bougie, ils évoquèrent pour commencer Eli Siegel, fondateur du réalisme esthétique, avant de passer au concept platonicien de la beauté, et de poursuivre sur le même thème avec Oscar Wilde et Dorian Gray, les écrivains irlandais, et les Russes, sans oublier la littérature européenne, le cinéma étranger, la Nouvelle Vague française, les films de Bergman, après quoi, une fois l'addition réglée, ils prirent un taxi jusqu'à chez elle, ses parents se trouvant alors à Londres, et bingo. Les trois mois qui s'ensuivirent furent un délice pour tous les deux. Ils apprirent à se connaître, se promenèrent dans le parc, allèrent à l'Angelika Film Center, dans la maison de campagne des parents de Nina dans les Hamptons, et eurent des rapports sexuels au gré des moments volés puisqu'ils vivaient encore chacun chez leurs parents. Oh, et elle avait une sœur jumelle qui étudiait à UCLA et qui s'appelait Ann. Nina travaillait à l'accueil d'une galerie d'art. Lui comme gardien dans un musée de l'Upper East Side. C'était un emploi ennuyeux de rester assis seul dans la pénombre en espérant que personne ne tente de voler un Kandinsky, mais l'avantage, c'était que cela lui laissait beaucoup de temps pour lire.

Et le moment venu, comme se plaisent à le formuler les avocats, est-ce qu'ils se marièrent ? Oui. Ann rentra sur la Côte Est pour assister au mariage et lui découvrit le double de Nina. Il fut sidéré de voir non seulement qu'elles se ressemblaient comme deux gouttes d'eau, mais aussi à quel point elles avaient les mêmes façons d'être. Quelques mois plus tard, Ann termina ses études et revint pour de bon à New York. Baum et Nina la virent fréquemment et elle vint dîner régulièrement dans leur appartement de Cornelia Street. Ce fut un soir, au cours d'un de ces dîners avec les deux sœurs, qu'une étrange magie opéra. Baum ne put s'empêcher de s'émerveiller à nouveau de leur ressemblance ; elles allaient jusqu'à porter des jupes et des pulls identiques, dans les mêmes tons beiges. Et pour une raison ou une autre, assis avec elles dans le salon à les contempler, une pensée limpide, frappante et irrésistible lui traversa l'esprit tout comme la formule d'équivalence entre la masse et l'énergie surgit – eurêka – dans le cerveau d'Einstein : il aimait Ann et non Nina. Ainsi quelques semaines plus tard, après une ribambelle de pensées insoutenables et complètement déroutantes, et suite à, croyez-le ou non, un baiser dans le noir, ainsi donc débuta une aventure qui dura un mois. Ils regardaient tous les trois un film à la télévision dans l'appartement de Baum et Nina. Alors que Nina avait quitté la pièce pour ouvrir une bouteille de vin, Baum s'était penché au moment précis du gros plan où Montgomery Clift embrassait Elizabeth Taylor, et avait embrassé Ann. À la manière dont elle lui rendit son baiser, il comprit aussitôt qu'elle n'avait rien contre. Le reste, comme on dit, fait partie de l'histoire.

Le plus étonnant n'était pas tant de savoir pourquoi il était attiré par la copie carbone de sa femme mais pourquoi son amour et son attirance pour Nina s'évanouissaient peu à peu, étant donné que sur le papier elle lui offrait précisément ce qu'Ann lui apportait. Elles riaient toutes deux facilement, elles étaient intelligentes, aimaient les mêmes livres et les mêmes pièces de théâtre, les mêmes musiques et les mêmes films, et étaient aussi aventureuses l'une que l'autre au lit.

Il connaissait la pensée de Nietzsche à ce sujet : deux choses ne sont jamais véritablement identiques si on les observe d'assez près. Mais il avait beau observer les jumelles avec minutie, les différences étaient négligeables, insuffisantes pour rendre plus attrayante l'une plutôt que l'autre. Et pourtant ce fut le cas. Nina l'excita de moins en moins. La folie de cette histoire le tourmenta au plus haut point, et préférant au nom de la morale ne pas poursuivre cette aventure, il avoua toute l'histoire à Nina, qui le quitta le jour même. Peu après, l'intensité de sa liaison avec Ann commença à faiblir et ils décidèrent d'en rester là. Il en conclut que l'amour était un mystère, tout comme l'attirance sexuelle, et que jamais il ne parviendrait à en saisir les nuances, et cela devint la deuxième énigme la plus importante à laquelle il désira trouver une réponse. La première étant : pourquoi existait-il quelque chose plutôt que rien ?

Asher se leva pour gagner le garage et se rendre à son rendez-vous de 17 h 30 avec son agent littéraire Scott Bell.

Cela faisait cinq ans que les deux hommes travaillaient ensemble, depuis qu'Asher et son agent précédent, Bob Bluestone, se séparèrent en mauvais termes à cause d'une série de coups de téléphone restés sans réponse et d'une boutade que Bluestone avait supposément lancée lors d'un cocktail au sujet du dernier ouvrage de Baum et d'une déchiqueteuse de papier. À choisir entre la circulation chaotique des rues de New York – parsemées de nids-de-poule, de feux tricolores hors service, de travaux de voirie – et la FDR Drive, Baum choisit les rues. Si le trafic sur la FDR Drive avait été fluide, il aurait mis moitié moins de temps pour arriver à bon port, mais avec la déveine qui était la sienne, il lui parut impossible que ces voies ne soient pas congestionnées et il s'imagina aussitôt coincé au milieu des véhicules à l'arrêt. Dans les rues, il pourrait au moins tenter de se frayer un chemin vers la liberté en zigzaguant.

La circulation en réalité s'avéra raisonnable, et il prit plaisir à regarder par la vitre une ville qui le captivait toujours autant. Certes, elle avait énormément changé depuis celle qu'avaient immortalisée les comédies musicales de Rogers et Hart. Selon la presse, cette ville magnifique était présentement en guerre contre les rats et avait nommé un responsable de l'éradication des rongeurs. Asher imagina un scénario dans lequel les rats, grâce à leur nombre et leur intelligence, avaient pris le contrôle de Manhattan, ligoté et bâillonné le responsable de leur éradication, et régnaient sur tout. Les rats dirigeaient les restaurants, les supermarchés, les bijouteries haut de gamme et les magasins de vêtements. Ils étaient à la tête de Tiffany's et de Bergdorf's, et dominaient Broadway, produisant tous les spectacles. Baum se dit que les rats devaient être assez malins pour trouver le moyen de réduire le coût des billets d'entrée.

Entretemps, il avait trouvé une station de radio qui passait de bons vieux classiques, et il écouta Cole Porter, George Gershwin et Irving Berlin. Baum aurait voulu vivre dans les années 1920 ou 1930, lorsque Manhattan possédait véritablement le glamour qu'Hollywood avait célébré dans tant de films. Dans ses rêveries teintées de rose, il se voyait dans un Manhattan où les hommes rentraient du travail et enfilaient un smoking tandis que leurs magnifiques épouses revêtaient d'onéreuses robes de soirée. Ils accueillaient des amis aussi élégamment habillés qu'eux pour boire quelques verres tout en conversant, et s'ils sortaient, c'était pour se rendre au Twenty-One, au El Morocco voire à une première au Booth ou au Morosco et non pas pour filer dans les ténèbres les plus absolues des routes de campagne où l'on pouvait facilement percuter un chevreuil. Une New York pareille avait-elle véritablement existé ou ne s'agissait-il que de la vision de la MGM ?

Asher sortit de ses fantasmes d'âge d'or au moment où il traversait Irving Place en direction de Gramercy Park. Il avait toujours voulu vivre à Gramercy Park mais n'y était jamais parvenu. Lorsqu'il avait finalement quitté la maison de ses parents et s'était installé à Manhattan, c'était dans un petit appartement du Village, en sous-sol. « Je vis sous Bedford Street », disait-il aux gens, et il fallait en effet descendre quatre marches pour pénétrer chez lui, donc c'était vrai. Une vague de colère submergea Asher parce qu'au fil des ans il passait de moins en moins de temps dans cette ville. Il s'en voulut d'être la victime des affables manipulations de Connie. Tandis qu'il avançait tant bien que mal sur une succession de nids-de-poule, il se rappela brusquement un café depuis longtemps disparu du coin où il vivait lorsqu'il s'était installé dans le Village. Avec ses copains, ils y buvaient cappuccino sur cappuccino en discutant de l'existence, des arts, des femmes, des joies et du caractère impitoyable de toute chose. Il avait complètement perdu de vue ces amis-là, ces ambitieux merveilleux et hauts en couleur. Tout le monde avait poursuivi son chemin, pour le meilleur et pour le pire.

Alors qu'il roulait et rêvassait, Asher pensa à Peter Yellin. Yellin était un ami écrivain lorsqu'ils avaient une vingtaine d'années. Chacun aspirait à surpasser O'Neill et Dostoïevski. Tout le reste relevait de la trahison, était indigne du temps qu'ils passaient devant leur machine à écrire portative Olivetti. Yellin aussi vivait *downtown*, et ils allaient ensemble au Raoul's et dans les nombreux petits cafés dont les devantures avaient étincelé quelque temps avant de s'éteindre une à une telles les loupiotes d'un sapin de Noël. Purs produits intellectuels de la cafétéria de City College, Yellin et lui formaient un duo de choc. Yellin vénérait *Le marchand de glace est passé* et *Le Long Voyage vers la nuit*. Il écrivait vite et intensément tout comme, disait-on, Van Gogh peignait. Il pondait des pièces en un acte, des pièces plus longues et parfois des nouvelles. Rien ne se passait la plupart du temps. Les pièces n'étaient pour ainsi dire jamais produites, les nouvelles rarement publiées. Après quelques années d'écriture acharnée, lorsque Yellin parvint enfin à faire monter une de ses pièces off-Broadway, tout alla de travers. Les comédiens ne s'entendirent pas ; et le metteur en scène traita sa pièce comme s'il s'agissait d'un mélodrame réaliste quand en fait c'était une évocation poétique. Comme il était étranger, ce dernier ne comprit jamais le rythme des répliques. Les costumes étaient sans intérêt, le décor minimal. Ce fut une agonie perpétuelle pour Yellin, qui se plaignit à Baum avant de l'inviter à assister à un filage. Baum jugea l'ensemble catastrophique sur toute la ligne et conseilla à son ami de tout arrêter afin d'éviter un bain de sang critique.

Entretemps, comme Yellin s'était mis à coucher avec la comédienne principale, qui suivait ses directives plutôt que celles du metteur en scène, le chaos ambiant n'avait fait que s'accentuer. Cette liaison entre auteur et rôle-titre ne valut à Yellin qu'une bonne gonorrhée, et comme Baum l'avait prédit, la pièce fut retirée de l'affiche le week-end suivant la première. Baum jugea la chose préférable.

Yellin s'éloigna du monde du théâtre, jamais aucun de ses romans ne fut publié, et il se fit en fin de compte embaucher comme attaché de presse dans une agence chargée de faire paraître les noms de ses clients dans les pages potins des journaux à grand tirage. Il arriva aussi parfois à Yellin de devoir faire en sorte que les noms des clients en question ne paraissent pas dans les journaux pour avoir conduit en état d'ivresse et renversé un piéton par exemple, ou volé à l'étalage. Inutile de dire que jamais Yellin ne menaça de faire de l'ombre à l'auteur du *Long Voyage vers la nuit*, et finit par partir vivre à Santa Barbara.

Baum s'était juré au contraire de ne pas céder aux sirènes du mercantilisme et gagnait sa vie en faisant des piges et en donnant des cours particuliers. Il s'était essayé à la fiction et c'était prometteur, mais jamais aussi bon que les articles sur l'actualité ou la culture qu'il vendait à des magazines et qui lui permettaient de survivre à Manhattan.

Son style érudit était sans fioriture, peut-être parfois un poil pesant. Le terme « pesant » le hanterait des années durant. Il se rendait bien compte qu'il poussait plus facilement les gens à penser qu'à ressentir, et il semblait plus fait pour le journalisme, mais il se consola en songeant au grand nombre d'écrivains qui avaient commencé en tant que journalistes. Il avait du mal à créer des personnages, car trop souvent ces derniers ne servaient qu'à véhiculer ses idées. Je connais cet homme, il voulait que ses lecteurs compatissent à ses personnages. Il est comme moi. Nous avons les mêmes attentes, les mêmes peurs. Après avoir lu le livre et traversé les hauts et les bas de la trajectoire de cet homme, je vois désormais la vie différemment. Je n'ai pas besoin de Dieu pour trouver un sens à l'existence. Tout cela est peut-être vain, mais je dis quand même oui à la vie. Voilà ce que Baum souhaitait que ressentent les lecteurs en refermant ses ouvrages de fiction. Le problème, c'était qu'il ne parvenait pas à formuler cela de manière convaincante, parce qu'il n'y croyait pas véritablement lui-même.

Sam Jablon était un autre ami de cette époque : rondelet, sympathique, doté d'un bon sens de l'humour. Ici à New York, Jablon n'arrivait pas à percer. Il traînait dans les cafés des théâtres des heures durant à rêver avec Baum en le faisant rire et en lui remontant le moral dans les moments d'abattement et de tristesse. Jablon adorait la vie, adorait l'industrie du spectacle et les cheeseburgers du Raoul's. Il aimait aussi les femmes, et même si ses productions satiriques, souvent grivoises et balourdes, ne rencontraient aucun succès, cela ne l'atteignait jamais. Lorsqu'il parvenait à faire mettre en scène une de ses pièces ou à publier un de ses textes dans une revue obscure et que la presse lui tombait dessus à bras raccourcis, l'esprit du capitaine demeurait serein. Certains trouvaient Jablon plus cruel que Baum et il passait pour un abruti grassouillet trop idiot pour être pris au sérieux, tout juste bon pour qu'on se moquât de lui. Malgré tout, Jablon gagnait chichement sa vie en vendant des sketchs à des comiques se produisant dans des clubs, certains faisant rire le public mais la plupart tombant à plat, de sorte que les artistes menaçaient de le poursuivre en justice voire de lui casser la figure.

Baum pensait que Jablon était drôle sans le vouloir. Exemple. On racontait que Jablon avait un jour trouvé un portefeuille sur Lexington Avenue avec une carte de crédit à l'intérieur, et qu'au lieu de le rendre comme l'exige l'honnêteté, il tenta de se servir de la carte de crédit pour s'acheter une télévision. Après avoir donné au vendeur de Bloomingdale's la carte pour payer, il remarqua que plusieurs de ses collègues le fixaient en chuchotant. Quelques instants plus tard, deux vigiles l'accompagnèrent jusque dans les bureaux du magasin, où il fut arrêté. L'homme qui avait perdu sa carte de crédit n'était autre que Gregory Peck.

Vraie ou pas, cette histoire définissait Jablon. Incapable de s'en sortir à New York, Jablon partit vivre à Los Angeles où quelques-uns de ses scénarios, adaptés en sitcoms, connurent aussitôt un succès tonitruant, ce qui lui permit de devenir producteur. Puis, grâce aux séries dérivées de sa série d'origine, il devint multimillionnaire et ainsi fut établie sa réputation de génie. Les conseils et la sagesse de Jablon étaient prisés aux quatre coins de Hollywood. Baum l'avait perdu de vue, mais il pensait souvent à lui avec affection et nostalgie. Nous avions tous nos rêves et nos ambitions, et pour finir nous avons compris que ce que Dostoïevski et O'Neill avaient réussi à faire était plus difficile que ce que nous imaginions.

Baum s'arrêta devant le bâtiment où se trouvait le bureau de son agent, Scott Bell, mais comme il ne voulait pas dépenser encore dix-huit dollars pour une heure de parking, il chercha pendant une demi-heure une place libre qu'il finit par trouver pas si loin de là.

« Merci d'être venu, fit Bell s'installant derrière sa table de travail comme l'avait jadis fait le professeur qui avait convoqué Baum pour critiquer violemment la dissertation qu'il avait écrite et dans laquelle il avait pris la défense d'Alger Hiss. Il y avait beaucoup de circulation ? »

Baum comprit que cette question servait à gagner du temps. Cela ne pouvait en aucun cas intéresser Bell de savoir si Baum avait ou non été pris dans la circulation. Bell ne passait jamais par la FDR Drive, dans la mesure où il vivait à Sutton Place. De toute évidence il repoussait le moment où il allait devoir aborder un sujet gênant.

« La dernière interview que tu as faite... nous avons reçu un exemplaire du magazine. Ça sort dans une semaine à peu près.

– Ah bon ? J'ai hâte de le lire.
– À ta place, je n'aurais pas hâte. Ce n'est pas très positif. »

Les mots *pas très positif* étaient loin d'exprimer le ton assassin de l'article, mais Bell s'efforçait de naviguer avec diplomatie dans les bas-fonds sémantiques de ce qui était une entreprise de démolissage en bonne et due forme.

« Tu vas peut-être vouloir contacter ton avocat. Je ne suis pas spécialiste en diffamation. J'ai demandé à Barry Kirchner du service juridique d'y jeter un œil. Il l'a parcouru rapidement et selon lui il n'y a pas de quoi intenter un procès. Mais…
– Mon Dieu, qu'est-ce qu'elle a dit ? Je peux voir ? Tu as l'exemplaire avec toi ? »

Bell se leva et se mit à chercher l'exemplaire parmi les piles de manuscrits et de revues qui gisaient dans son bureau.

« Elle dit que tu lui as fait des avances pendant l'entretien et que ça l'a choquée.
– Je lui ai fait des avances ?
– Et que tu l'as touchée et que tu as essayé de l'embrasser.
– Quoi ? »

Une veine que le corps de Baum ne mobilisait que rarement commença à gonfler dans son cou.

« Tu lui as tripoté les seins ?
– Je n'arrive pas à croire qu'elle a dit ça.
– Tu l'as touchée ou pas ?

– Je lui ai fait un baiser on ne peut plus chaste sur la joue à la fin, comme on fait dans l'industrie du spectacle.

– Apparemment elle était dans tous ses états.

– Cette femme est folle, glapit Baum, sa voix s'envolant dans les aigus.

– Elle a pris le temps de lire des choses que tu as écrites avant, et elle a trouvé des indices, déclara Bell.

– Des indices ? De quoi ?

– De ce qu'elle avance dans son article. Où on comprend que tu es un misogyne et un prédateur.

– Je ne l'ai pas touchée, Scott. OK, attends… Je vais te dire ce que j'ai fait. Elle était tellement intelligente, tellement charmante et elle me disait des choses tellement élogieuses sur mon écriture que quand elle s'est levée pour partir j'ai posé mes mains sur ses épaules pour m'assurer qu'elle m'écoute vraiment et je lui ai dit combien il était délicieux d'être interviewé par une journaliste aussi perspicace, et que d'ordinaire les gens aussi jeunes qu'elle ne posent pas des questions aussi stimulantes. Je l'ai saluée et je lui ai fait un petit bisou sur la joue. D'accord je me suis peut-être exprimé avec un peu plus de verve, mais bon Dieu je ne lui ai pas fourré ma langue dans l'oreille.

– Elle ne dit pas que tu lui as fourré ta langue dans l'oreille.

– Pourquoi lui fourrerais-je ma langue dans l'oreille ?

– Calme-toi, Asher. Et tu ne lui as rien dit à propos de ses yeux ? Qu'elle avait de magnifiques yeux verts ?

– Elle avait les yeux verts. Elle avait deux yeux verts. C'est quoi ce bordel ? »

Baum perdait patience.

« Et tu lui as dit que les yeux verts expriment la passion.

– C'est vrai. T'as qu'à vérifier. Tu sais qui avait les yeux verts ? Jane Eyre. Tu as lu *Jane Eyre*, pas vrai ? La vache, tout ce que cette fille a traversé.

– Et ensuite tu l'as embrassée.

– Pourquoi je ferais un truc pareil ? Il faudrait être maboul.

– Elle t'a repoussé et tu es tombé, précise l'article.

– Elle est devenue tellement nerveuse. Je lui faisais une bise pour lui dire au revoir.

– Tu as trébuché et tu lui as palpé les seins.

– J'étais en train de me casser la figure. Je me suis rattrapé à la première chose qui m'est tombée sous la main. Et c'était ses seins. Mais c'était un accident.

– Écoute, Asher, tu n'as pas besoin de me convaincre, moi. Assieds-toi. Je crois que tu es un peu sous le choc, là.

– Je suis un homme marié. Tu connais Connie. Avec une femme comme Connie tu penses que je chercherais à grenouiller ailleurs ?

– Le problème, c'est Landau.

– Arrête.

– Tu connais Landau. Son équipe commence déjà à lui mettre la pression. »

Jack Landau, le patron de Rhinegold Publishing, n'avait jamais aimé Baum. Il n'avait jamais véritablement perçu le potentiel que certains semblaient trouver dans son écriture, et s'il avait accepté de le publier, c'était avec peu d'enthousiasme et parce que Scott Bell avait insisté. Pour Landau, l'obsession de Baum concernant les « grands thèmes » était assommante et puérile.

« Tout le monde se fout des trous noirs. Ça n'affecte pas la vie quotidienne des gens, avait-il dit à Baum. Tu ne veux pas lâcher ce délire et nous pondre un livre avec un peu de *schmaltz* ? Les gens ne lisent plus, et encore moins de la fiction. Quand ils achètent un roman ils veulent un peu oublier les horreurs constantes de la vie. Donne-leur de vrais personnages humains et vivants, des conflits et un peu de suspense, nom de Dieu. Et tu te demandes pourquoi tu ne vends pas. »

Il était vrai que le dernier livre de Baum n'avait rien fait pour prouver à Landau que Rhinegold ne perdait pas son temps à s'efforcer de soutenir un auteur que les critiques jugeaient moralisateur. À présent, depuis que l'article à charge sur le point de paraître avait circulé dans les bureaux de la maison d'édition, les sous-fifres de Landau – tous jeunes, principalement des femmes mais aussi des hommes – s'étaient réunis et avaient demandé à leurs responsables de lâcher un auteur dont le comportement ne faisait que ternir la réputation de Rhinegold.

« Tu es en train de me dire que Landau suit les ordres de ses employés ? fit Baum.

– J'ai appelé quelques éditeurs.

– Et ? demanda Baum, le visage plus que maussade.

– Il faut que tu comprennes, les temps sont durs dans l'édition. Landau a raison. Personne ne lit. Et ce n'est pas comme si tu étais un auteur à succès.

– Donc tu es en train de me dire que Rhinegold me lâche ?

– Les gens ont peur.

– Il sort quand, ce magazine ?

– Dans une ou deux semaines.

– Et elle m'accuse d'être un prédateur ?

– C'est l'idée générale de l'article. Elle explique qu'elle t'admirait et admirait ton travail avant de finir par te faire un procès.

– Un procès ? Pourquoi ?

– Les tabloïds vont probablement crier au viol.

– Au viol ? Elle prétend que j'ai essayé de la violer ?

– Non, je dis que les tabloïds vont probablement s'emparer de l'histoire et en faire leurs choux gras.

– Tu y crois à tout ça, toi ?

– Pas du tout, Asher, mais qu'est-ce que ça peut faire, ce que je pense ? Par les temps qui courent, une accusation est synonyme d'inculpation. »

Des gouttes de sueur perlaient à présent sur le front de Baum.

« J'ai une question, Asher. Comment ta femme va-t-elle prendre cette histoire ?

– Elle sait que je ne draguerais jamais une autre femme. Ce genre de choses est devenu tellement excessif et démesuré, nous en avons déjà parlé.

– Ouais, réagit Bell, la fidélité, c'est la seule réponse. J'ai un autre client... je ne vais pas le nommer, c'est un éditeur. Avec sa femme, ils ont un couple ouvert. Chacun couche avec qui il veut. Ça fait un an que ça dure et jusqu'à présent ça marche, mais qui sait. On en reparlera dans quelque temps. Toute cette histoire va faire du bruit pendant un moment. Continue de travailler sur ta prochaine pièce ou sur un roman. Quand les choses se calmeront, je reparlerai à Landau. Il a tendance à m'écouter. Je pense toujours que Rhinegold est la meilleure maison pour toi, à condition qu'ils décident de te garder.

– Je vais poursuivre cette femme pour diffamation.

– Tu peux. Ce n'est pas gagné d'avance, mais qui sait. Entretemps, si tu as besoin de quoi que ce soit, appelle-moi. Tu as mon portable. »

Scène suivante : Baum sortant du bâtiment abasourdi et se dirigeant vers sa voiture. Les gens commençaient à rentrer du travail et les rues se remplissaient. Il était persuadé que tous ceux qui marchaient vers les bouches de métro ou les arrêts de bus ou qui hélaient des taxis avaient reçu des exemplaires de l'article sur le point d'être publié, l'accusant d'avoir honteusement agressé une innocente jeune femme d'origine étrangère. Il retrouva sa voiture, mais avant de rentrer chez lui, il se dit qu'il avait besoin de s'épancher sur son malheur voire de boire un whisky. Il appela son vieux pote, Amnon Weinstock. Il lui dit qu'il se trouvait à Manhattan et lui demanda s'il pouvait passer le saluer. Weinstock fut surpris mais heureux de l'entendre.

« Je vais mettre l'eau à chauffer pour le thé », dit-il.

Amis depuis le lycée, ils se voyaient rarement désormais mais prenaient de temps à autre des nouvelles par téléphone pour bavarder, célébrer la publication d'un nouveau livre ou éviscérer quelque écrivain ou politicien prétentieux. Weinstock ressemblait à un rabbin avec sa barbe et sa kippa.

Les deux hommes s'étaient rencontrés à seize ans lors d'un match de basket où ils s'étaient affrontés. Baum ne s'en sortait pas trop mal en sport au lycée et Weinstock était un pivot de l'équipe de la yeshiva. Après le match, ils s'étaient parlé et avaient découvert qu'ils aimaient tous deux Kafka, Auden et les New York Knickerbockers, l'équipe de basket professionnelle de la ville. Baum aimait regarder les matchs de basket mais trouvait que son nouvel ami s'excitait trop dans les dernières minutes des rencontres lorsque le score était serré. L'intensité avec laquelle Weinstock s'investissait dans l'issue du match était démesurée, affirmait Baum. Gagner ou perdre ne signifiait rien à l'échelle des choses de la vie. Weinstock protestait en disant que le résultat était très exactement aussi significatif que le reste de l'univers tout entier – ni plus ni moins.

Cette intuition, aussi déprimante qu'elle fût, ne manqua pas d'alimenter leurs échanges. Les deux débattaient et s'affrontaient constamment ; dans son style talmudique, Weinstock qualifiait leurs disputes de points de vue opposés. Il était devenu un grand érudit, un professeur, un conférencier, un écrivain publiant des articles sur des sujets ésotériques dans des revues prestigieuses. Il philosophait sur tout, de l'écriture de Husserl et de Wittgenstein à la perversion de la dialectique de la politique d'Europe de l'Est, ses prédictions s'avérant souvent justes. Leurs chemins s'étaient séparés lorsque Weinstock était parti enseigner en Angleterre et ensuite en Israël. Il écrivit des articles de fond sur le conflit israélo-arabe, les souffrances interminables que cela engendrait et les problèmes apparemment insolubles du Moyen-Orient, proposant des solutions humaines, raisonnables, provocatrices et inspirées. Des années plus tard, il revint enseigner et faire des conférences dans plusieurs des plus prestigieuses universités de la Côte Est. Pour Baum, il avait toujours été un bon ami, et les deux hommes se voyaient en chair et en os une fois par an pour poursuivre leurs conversations animées en mangeant des *blintzes* dans un restaurant kasher de l'Upper West Side. Baum n'en revint pas lorsqu'il trouva une place de parking libre juste devant le vieux bâtiment dans Riverside Drive où Weinstock louait un appartement, tout comme le faisaient un économiste et un violoniste de renom. C'était comme gagner le gros lot, se dit-il.

La visite inattendue de son vieil ami ravit Weinstock, et ils s'enlacèrent. Ils ne s'étaient pas vus depuis un moment, la calvitie de Weinstock avait évolué de manière dramatique, même si la kippa qu'il ne quittait jamais la dissimulait.

« Quel plaisir de te voir, Asher. Un plaisir inattendu. Tu as l'air en forme.

– Toi aussi, dit Asher.

– Je suis en pleine forme. Est-ce que par hasard tu as lu l'article de Rapkin sur Poutine et la paranoïa russe ? Je l'ai trouvé remarquable.

– Je l'ai découpé mais je n'ai pas encore eu le temps de le lire. Je l'ai.

– Tu m'as paru un peu *schvach* au téléphone. Tout va bien ? »

Baum expliqua la situation. Une folle faisait toute une histoire d'un geste des plus innocents qu'elle aurait dû prendre comme un compliment, au lieu de quoi elle en faisait tout un *tzimmes* de harcèlement voire pire. Tout cela ne tarderait sans doute pas à se retrouver dans les pages des tabloïds et lui avait déjà coûté son éditeur, qui ne voulait pas être mêlé à quelque scandale que ce soit.

« Ils m'ont laissé tomber. Et tu sais combien les gens sont veules. Mon agent m'a déjà fait comprendre à demi-mot que je ne vais pas tarder à devenir un paria. Sans parler de Connie. Elle n'est pas du genre à gober ce type d'histoire, mais vu comment ça se passe entre nous ces derniers temps, elle va se laisser convaincre cette fois.

– Ça ne va pas, vous deux ?

– Je ne sais pas. J'ai l'impression qu'il y a de l'eau dans le gaz.

– En attendant, ton beau-fils connaît un sacré succès. Et avec son premier roman. Quel avenir. Tu dois en éprouver un peu de *nachas*.

– Tu l'as lu ?

– Je l'ai acheté. Je ne l'ai pas encore ouvert. Je te dirai.

– Je ne le supporte pas, ce petit *momzer*. Il n'y a qu'à toi que je peux en parler. Je ne peux plus parler à personne. Sauf à moi-même.

– C'est mauvais signe, Asher.

– C'est un petit prince arrogant et pourri gâté. Elle l'a toujours vénéré comme s'il était le nouveau Messie. »

Weinstock l'écouta d'une oreille bienveillante, comme l'aurait fait un rabbin, un psy, un ami proche. Il ne fallait surtout pas céder à la panique, conseilla-t-il à Baum.

« Nous vivons une période trouble. Les extrémistes, l'un de nos deux partis politiques majeurs qui s'effondre, l'antisémitisme, la culture pop toujours plus grossière. Mais rassure-toi, Asher, le corps humain a tendance à se guérir. Tout cela ne durera pas, et la rationalité reprendra ses droits.

– Je suis d'accord, c'est passager, fit Asher, mais en attendant, le sang coulera et des vies seront détruites.

– Oui, mais il y aura aussi des héros. Rappelle-toi combien ont souffert ceux qui figuraient sur la liste noire de McCarthy, et pourtant, avec le temps, McCarthy est devenu symbole de disgrâce et les persécutés sont désormais célébrés.

– Elle affirme que je l'ai embrassée…

– Pour citer Martin Luther King, l'arc moral de l'univers est long mais il tend vers la justice.

– Certes, Amnon, mais en ployant l'arc peut très bien rompre.

– C'est affreux, je sais, d'être victime de calomnie ou de diffamation, mais parfois mieux vaut attendre son heure et ne rien faire plutôt que partir en guerre contre un océan de problèmes et, ce faisant, risquer d'empirer la situation.

– Tu as étudié le droit. Tu crois que j'ai une chance si j'attaque en diffamation ? »

D'une voix empreinte de sa sagesse la plus talmudique, Weinstock répondit : « Réfléchis, Asher. Tu es un homme de caractère. Qui a beaucoup de qualités, plein d'idées, qui est animé de toutes sortes de sentiments et d'émotions. Tu es un mari, un artiste, un citoyen, un philosophe. Donc tu intentes un procès, tu te jettes dans la fosse aux lions, tu paies des sommes exorbitantes à des avocats, tu fais les gros titres dans la presse à sensation ; on te dénigre, on te parodie sur les réseaux sociaux. Même si ta cause est juste, tu pourrais malgré tout perdre ton procès. Sans parler du tribunal populaire. Parfois il nous faut souffrir en silence jusqu'à ce que l'arc tende dans notre direction. Mais tu sais tout ça, Asher. »

Baum sirota son thé tout en méditant les sages paroles de Weinstock. Il soupira, résigné.

« C'est quoi tout ça, au fait ? demanda-t-il enfin en regardant autour de lui les vêtements et les valises, certaines déjà fermées, les tableaux décrochés, les *tchotchkes* enveloppés dans du papier à bulles. Qu'est-ce qui se passe ? Tu déménages ? Tu as accepté un poste à l'étranger ? À Oxford ? À la Sorbonne ?

– Pas exactement, mon cher, fit Weinstock. Tu as raison sur un point. Je déménage.

– Pour aller où ? Pour quoi faire ?

– À La Nouvelle-Orléans.

– À Tulane ?

– Non, j'ai décidé que j'en avais assez. J'arrête.

– Non...

– Si. J'ai toujours été un grand amateur de musique. Nous avons écouté ensemble les quatuors à cordes de Beethoven, de Schubert, de Bartók. Je sais à quel point tu aimes le deuxième mouvement du concerto pour violon de Sibelius. Et comme tu le sais, je me suis toujours intéressé au gospel et au jazz. J'ai écrit sur la structure musicale du blues. Je ne sais pas si tu l'as lu, mais j'ai publié un long article dans *Tikkun* sur les origines des chants et des hymnes du Delta. Je suis sûr que tu sais que tout ça remonte à la période de l'esclavage. Bref, j'ai des amis là-bas qui ont un groupe de jazz. Ils jouent principalement des morceaux traditionnels, du ragtime, du gospel, la musique qu'on jouait dans les parades et les bordels. En tout cas, ils m'ont invité à me joindre à eux.

– Te joindre à eux ? À leur groupe ? Comment ça ?

– Je joue avec eux de temps à autre, et chaque fois ça me fait un bien fou.

– Mais tu ne joues d'aucun instrument. Tu as arrêté le violon il y a des années.

– Oui, mais j'ai un bon sens du rythme, et dans ces groupes, à l'origine, il y avait toujours un joueur de tambourin. Je te jure, Asher, jouer du tambourin je sais faire.

– Oui, mais…

– J'en ai tellement ma claque du monde que je me suis dit : pourquoi pas aller jouer du tambourin à La Nouvelle-Orléans ? Ça serait trop chouette. C'est une si belle ville, avec son architecture tellement charmante, le *garden district*, le lac Pontchartrain, sans oublier la gastronomie, Asher. Les beignets et le sébaste noirci. J'arrête de plancher sur des articles, de défendre des positions politiques, d'expliquer des textes à des étudiants qui finiront par diriger des multinationales ou travailler dans des agences de publicité. Je ne crache pas dans la soupe, mais j'ai fait ça pendant des années et j'en ai assez. J'en ai par-dessus la tête du monde universitaire, de la vie de l'esprit. Garder le rythme avec un groupe qui en envoie, c'est du pur plaisir. Tu vois ce que je veux dire ? »

Baum voyait, mais il ne parvenait pas à assimiler l'information. Il resta bouche bée. L'idée d'Amnon Weinstock assis, coiffé de sa kippa, tambourin à la main, c'était comme se retrouver dans un tableau de Magritte. OK, il voulait prendre sa retraite ; un peu jeune, soit ; dans ce cas, qu'il voyage, écrive ses mémoires, s'adonne à la peinture, mais taper sur un tambourin dans un bar enfumé de Bourbon Street ? C'était fort de café. Pourtant, en apparence, il avait face à lui le même homme que celui qui analysait Hegel avec tant de brio. On aurait dit qu'un médecin lui avait annoncé qu'il n'avait plus que quelques mois à vivre et qu'il avait décidé de se lâcher et de faire tout ce qu'il avait toujours rêvé de faire. Mais il n'était pas agonisant, il avait toute sa tête, son esprit était aussi étincelant qu'un diamant.

« Tu devrais me voir, Asher, j'ai l'impression d'être une nouvelle personne. Ça fait ressortir ma folie. Je porte ma kippa brodée. C'est un peu plus théâtral. Tu trouves ça bête ? »

Abasourdi, Baum lui souhaita bonne chance, ils s'enlacèrent, Weinstock lui dit que si jamais il venait dans le Sud il fallait qu'il passe le voir pour l'écouter. Le groupe s'appelait les White Chocolate Dandies. Dans les années 1920, précisa Weinstock, il y avait un groupe de musiciens afro-américains qui s'appelait les Chocolate Dandies, et comme tous les musiciens de son groupe étaient blancs, ils se sont appelés, en hommage, les White Chocolate Dandies.

Je vois, songea Baum, c'est astucieux, c'est plein de bonnes intentions, mais j'aurais choisi quelque chose de plus passe-partout. Pour éviter de se faire incendier la maison, c'est tout. Quelques instants plus tard, Baum quittait sa place de parking et prenait la direction de l'autoroute. Le temps de franchir la barrière de péage, il était déjà en pleine conversation avec lui-même.

« T'y crois, toi, à Weinstock ? Abandonner sa vie intellectuelle pour taper sur un tambourin ?

– Rappelle-toi, il avait une collection de disques très éclectique. Il ne se contentait pas d'avoir des cheveux longs. Ses goûts ont toujours été très variés.

– Je me souviens, quand on était jeunes, il jouait un peu de trompette. Il jouait du Bach. Ensuite il est passé au violon. Mais qui aurait pu dire que ça le mènerait jusque-là. C'est un grand penseur. Je ne comprends pas.

– On en a déjà parlé. Tu ne peux pas comparer les plaisirs cérébraux à l'appel du plaisir primaire; le plaisir de la musique surclasse tous les autres plaisirs. Surtout si c'est une musique rythmée.
– Je... je... mais...
– Ne sous-estime jamais la joie pure que procurent la mélodie et le rythme.
– J'imagine...
– Quoi qu'il en soit, mon vieux, tu ne vas pas tarder à être l'objet d'allégations on ne peut plus désagréables.
– Tu trouves ça logique, toi ? Je vais aller draguer une totale inconnue qui m'interviewe ? Pourquoi je ferais un truc pareil ? Parce que je suis suicidaire ?
– Si tu ne l'as pas fait, il n'y a aucune raison de s'inquiéter.
– Tu ne me crois pas ?
– Tout ce que je dis, c'est...
– Quoi ? Qu'est-ce que tu dis ?
– Je dis que tu joues sur les mots, pas vrai ?
– Quoi ? s'offusqua Asher innocemment. Tu crois que j'ai tenté ma chance avec elle ?
– Sois loyal envers toi-même. Shakespeare savait de quoi il parlait. Envers toi-même. Pas toujours facile.
– Tu crois vraiment que j'ai fait du plat à cette fille. Cindy, Lindy.
– Cindy Tanaka. Je crois que tu traverses une période émotionnelle mouvementée depuis un moment.

– Et alors ? OK… oui, tu dis que j'ai essayé de l'embrasser ? Je l'ai embrassée ?

– Sois franc avec moi, Asher. Je n'en parlerai à personne.

– Je suis en train de craquer. Tout me tombe dessus depuis un an. Ou depuis des années je devrais dire. Ce n'est pas ma faute si je perds les pédales parfois. Je pouvais compter sur Connie avant. On ne s'embrasse même plus. J'avais envie d'embrasser quelqu'un. Est-ce si terrible ?

– Je ne pense pas que Connie verra la chose comme toi.

– Ne dis pas ça. J'ai encore des sentiments pour elle. Ou bien je suis devenu tellement dépendant d'elle ?

– Elle croyait épouser Philip Roth ou Saul Bellow.

– Je n'ai pas été à la hauteur de mon potentiel.

– Exact. Et maintenant, c'est Thane qui se révèle à la hauteur de ton potentiel.

– Et détrompe-toi, elle a ses propres problèmes. J'aurais dû voir dès le début que sa relation avec Thane était vraiment extrême.

– Tu l'as vu. Tu as mis tout ça sous le tapis parce que tu ne voulais pas faire de vagues.

– Eh bien, hormis Thane, on était plutôt bien ensemble.

– Jusqu'à ce que tu déçoives ses attentes.

– Mes attentes.

– Plus l'autre problème.

– C'est-à-dire ?

– C'est-à-dire, ça te plaît d'habiter dans le Connecticut ?

– Ça va.

– N'importe quoi, tu détestes ça. T'habituer à la vie à la campagne a dû te coûter cher. Faire face à l'isolement, au silence la nuit, aux orages, au pollen, aux orties et aux putains de sauterelles.

– Pourtant, je crois que Connie me manquerait.

– Ahah... nous y voilà. Tu as une peur morbide d'affronter la vie seul. Mon Dieu, qu'est-ce qui peut te faire peur au point d'avoir besoin d'un corps la nuit avec toi dans ton lit ?

– J'ai peur du temps et de l'espace. Des années-lumière. Si je me réveille en pleine nuit, mon esprit commence à passer en revue des nombres astronomiques. Comme la vitesse de cette météorite qui se déplace à plus d'un million cinq cent mille kilomètres-heure. Tu te rends compte, un million cinq cent mille kilomètres-heure ? Et après un millier d'années à cette vitesse elle n'aura parcouru qu'une année-lumière et demie. C'est de ce genre d'échelle qu'on parle, là. La tête sur l'oreiller, j'essaie d'appréhender ces nombres et j'ai peur. »

Le schéma freudien n'expliquait en rien l'angoisse de Baum. Des parents aimants, un foyer confortable, jamais par accident il ne les avait surpris en plein ébat et pensé qu'il s'agissait d'une violente agression. Bon élève, populaire à l'école, des amis sympas avec lesquels il traînait après les cours et écoutait des disques de Mozart, Heifetz, Duke Ellington, de la bonne musique, mangeait de la pizza, des sushis, rien d'exceptionnel, passait l'été à la plage, à l'océan, la baie étant à quelques minutes seulement à pied de la maison qu'ils louaient dans Michigan Street, les Selvin dans la maison de l'autre côté de la rue avec la grande sœur d'Eddie qui avait seize ans, qui s'appelait Noel, un nom masculin pour une fille, mais qui était jolie et Baum l'aurait épousée s'il n'avait pas eu que huit ans. Évidemment, les cinémas, les programmes télé, les cadeaux d'anniversaire, de Noël ou de Hanoukka, mais quelle différence pour un gamin tant qu'on lui achetait des choses ?

Non, il n'y avait aucune raison en grandissant de redouter la solitude, parce qu'il n'avait jamais été laissé seul, n'avait jamais été traumatisé, n'avait jamais été refourgué à des nourrices, jamais abandonné, jamais perdu dans le métro. Et pourtant, pour une raison ou une autre, à un très jeune âge, une ombre s'était abattue sur Baum lorsqu'il avait compris que l'univers allait un jour lui reprendre le minuscule espace qu'il lui accordait à contrecœur.

« J'ai besoin de quelqu'un, bredouilla-t-il à haute voix tandis qu'il filait sur la voie rapide en direction du lit où il dormait avec Connie. Elle se met en rogne contre moi plus facilement ces derniers temps. Tu m'écoutes ?

– Quoi ?

– Je te dis qu'elle se met en rogne. Elle n'est pas facile à vivre. Je t'ennuie ?

– Parfois, oui, tu m'ennuies, Asher. Si elle est à ce point déçue, pourquoi est-ce qu'elle ne te quitte pas tout simplement ?

– Je suis sûr qu'elle le ferait si l'occasion se présentait. Tu sais, l'inertie est l'une des plus puissantes forces en physique. Et je parie qu'elle a eu des aventures ici ou là.

– À ta place, je ne parierais pas. »

Baum se souvint de cette nuit de janvier deux ans plus tôt. Il était parti en voiture pendant une tempête de neige pour aller consulter à Manhattan sa dermatologue, la docteure Gill, après s'être convaincu que les deux taches noires dans son dos étaient des mélanomes. Il s'était aperçu de leur existence en se mettant au lit pour lire avant de dormir, et Connie avait dit : « C'est quoi, ces trucs dans ton dos ? » Le tee-shirt qu'il portait pour dormir avait remonté. C'est comme ça qu'elle les avait remarquées. Il dut se contorsionner pour les voir dans le miroir, et lorsqu'il y parvint enfin, il fut saisi d'effroi.

« Oh mon Dieu, bégaya-t-il, et l'adrénaline déferla en lui.

– Depuis quand tu as ça ?

– Je ne sais pas. Tu les avais vues avant ?

– Je ne crois pas.

– Oh la vache, lâcha-t-il, pensant à la manière dont il allait réagir à la chimio.

– Ce n'est certainement rien, déclara Connie, ce qui lui procura une microseconde de soulagement, avant qu'elle n'anéantisse ses espoirs aussitôt en ajoutant : ça n'a pas l'air d'être des morsures. » Il était environ 23 heures. Trop tard pour appeler la docteure Gill, mais il pouvait lui envoyer un texto, des photos des taches. Il demanda à Connie de photographier avec son téléphone les deux taches noires. Grâce aux photos, Baum les vit enfin clairement sans avoir à se tordre le cou et la colonne vertébrale. Pour lui, il n'y avait aucun doute, cela ressemblait en tous points à la description d'un mélanome ; il le savait parce qu'il avait maintes fois fait des recherches à ce sujet sur Google. Noires, bombées, bords irréguliers. Aux abois, il envoya les clichés à la docteure Sandra Gill dans l'espoir de recevoir en retour un texto rassurant. Au bout de quelques minutes son téléphone sonna et la dermatologue lui demanda depuis combien de temps il avait ces taches. Il répondit qu'il ne savait pas trop, escomptant qu'elle le tranquillise, qu'elle lui dise qu'une thérapie par cellules souches voire une immunothérapie pourrait suffire, et qu'il n'aurait pas à subir de traitements plus lourds.

« Vous pouvez venir me voir demain ? fit la docteure Gill.

– À quelle heure ? » demanda Baum.

Pouvait-il aller la voir le lendemain ? Il n'avait qu'à prendre la voiture maintenant et y aller en pyjama.

« J'ai beaucoup de rendez-vous, mais je vous prendrai entre deux patients.

– Je serai là à midi », décréta Baum avant de raccrocher, convaincu que si elle s'efforçait de le recevoir c'était sans aucun doute parce qu'elle considérait les deux taches noires comme une urgence. Naturellement, il passa une mauvaise nuit, à tourner et virer nerveusement dans son lit, incapable de dormir, allongé dans le noir à passer en revue une douzaine de scénarios incluant la perte de ses cheveux, sa crémation, son âme flottant dans les cieux, mais pour aller où ? Nulle part, comme le disait le poète Philip Larkin. Baum finit par trouver le sommeil et rêva qu'il avait un cancer très agressif qui se propageait à ses ganglions lymphatiques, son pancréas, son cerveau, puis au fauteuil en cuir de son bureau, à sa table de travail et à tous ses pulls en cachemire. Il se réveilla en nage. C'était le matin. Il vérifia : les taches étaient toujours là. Il se rasa, se doucha, but du thé et mangea un toast, monta en voiture et partit sous la neige qui ne cessa de tomber contre son pare-brise durant tout le trajet.

Il arriva en avance à son rendez-vous et parcourut des magazines. Dans l'un d'entre eux, les Haïtiens se faisaient massacrer, dans un autre les Ukrainiens se faisaient massacrer, et dans un autre encore, les Gazaouis se faisaient massacrer. Il délaissa les magazines et choisit de lire un quotidien new-yorkais dans lequel on se rendait bien compte qu'il n'y avait nul besoin d'aller si loin pour se faire massacrer, dans la mesure où nombreux étaient ceux dans la ville qui se faisaient tuer par arme à feu, poignarder ou pousser sur les rails du métro. Sans parler de ceux qui se faisaient massacrer dans les centres commerciaux ou les écoles. Décidément, nous étions une espèce ratée, un peu supérieure aux singes mais pas suffisamment pour que la différence soit notable. Après de longues minutes à se torturer et se faire souffrir dans la salle d'attente, il entendit son nom. C'était son tour. La docteure va vous recevoir.

La docteure Gill était jeune, jolie, elle portait toujours une jupe moulante et une blouse blanche. Elle était mariée à un autre médecin qui travaillait au Mount Sinai Hospital. C'était tout ce qu'il savait. À plusieurs reprises, dans des situations moins critiques que celle du jour, il s'était demandé comment ce serait de coucher avec elle. Le signal sexuel tourne en boucle tel le radar d'un navire. Et toujours de manière inexplicable. Elle n'était pas remboursée, et cela l'excitait. Allez comprendre. La docteure Gill examina les deux taches noires qu'elle qualifia de lésions, terme inquiétant s'il en était, et dit : « Sur les photos ça semblait bien pire. C'est juste une kératose. Ce n'est rien. Je vais les enlever et on fera une biopsie pour se rassurer. Mais croyez-moi, ce n'est rien. »

En cet instant, Baum eut l'impression que la Terre tournait au ralenti comme au cinéma. Il continuerait de vivre. Dans son esprit, il était passé à deux doigts d'un diagnostic fatal mais avait encore une fois réussi à tromper le bourreau, triomphe pour tous les hypocondriaques du monde. Il regarda la docteure Gill se mouvoir dans sa minijupe et inspira profondément. Cinq minutes plus tard, il était dehors dans les rues de New York, se dirigeant vers son automobile, alors que la tempête annoncée par les messieurs météo hystériques à la télé battait son plein. Il reprit la route du Connecticut, mais c'était de la folie. Il appela Connie et lui dit qu'il serait plus sûr de rester dans leur appartement à New York et de rentrer le lendemain. Elle en convint avant de lui annoncer que son frère Josh était venu leur rendre visite et que, pour la même raison, il allait devoir rester dormir dans la chambre d'amis.

À la fin de la conversation Baum raccrocha. C'est une fois arrivé à leur pied-à-terre que les images commencèrent à surgir dans son esprit. La maison de campagne isolée sous la neige, de la fumée s'échappant de la cheminée comme dans les peintures de Grandma Moses. Josh seul avec sa femme. Un Josh viril et beau, en présence d'une créature ravissante dont l'activité sexuelle était en berne depuis quelque temps avec son mari. Les flocons tombant doucement, les verres d'alcool, le feu dans l'âtre, Josh dont la libido devrait figurer dans le *Livre Guinness des records*. Résisterait-il ? En était-il capable ? Était-il possible de résister en de telles circonstances ?

Là-dessus, il descendit dans le parking du bâtiment et monta en voiture. Le préposé du parking pensa qu'il était fou.

« Vous allez où, monsieur Baum ? s'enquit-il.

– Dans le Connecticut.

– Oh, ça m'étonnerait que vous y arriviez, fit l'homme.

– On verra. »

Peu après le George Washington Bridge, il fit demi-tour. Allongé éveillé dans l'appartement new-yorkais, il se demanda si cela changerait quelque chose pour Josh d'être son frère. Laisserait-il filer cette occasion en or ? La question éthique pour Josh l'emporterait-elle sur l'instinct qui le poussait vers ces destinations prévisibles ? Il les visualisa en train de dîner, sa femme séduisante un verre de bourgogne à la main, son frère viril avec sa barbe naissante la fixant du regard. Comment pourrait-il y avoir une autre issue ? Comme toujours avec Connie, l'alcool la désinhibait rapidement. Deux verres de vin rouge et elle était prête à faire du saut à l'élastique. Elle ne disait jamais non à de nouvelles expériences. Il avait de la chance, songea-t-il, qu'aucun de leurs amis ne leur ait jamais proposé de faire un safari ou de prendre du LSD. Se taper Josh lui ressemblerait parfaitement, surtout vu comment les choses allaient ces derniers temps. « Juste un verre de plus. Mon Dieu, on a vidé toute la bouteille ? »

Lorsque Baum rentra enfin chez lui le lendemain, il ne put s'empêcher de penser qu'il s'était passé quelque chose entre son frère et sa femme, qu'ils avaient l'air de deux chats ayant mangé le même canari. Il ne pouvait en être certain, mais quand Josh leur dit au revoir, il crut les voir se regarder d'un air entendu. Mais peut-être n'était-ce qu'un tour de son imagination.

« Donc oui, fit-il seul dans sa voiture, se remémorant l'incident tandis qu'il approchait du Connecticut. Cette charmante Asiatique était tellement flatteuse, tellement enthousiaste sur mon écriture, tellement charmante, et oui je n'ai pas arrêté de la regarder croiser et décroiser les jambes. Il fallait être présent pour comprendre, et Connie n'arrête pas de me critiquer et de me dire à quel point son fils qui ressemble à un mannequin est brillant et que son premier roman est dans la dernière sélection du National Book Award. Bon sang que je déteste ce gamin.

– Et c'est reparti.

– Bref, quand on s'est dit au revoir après l'une des interviews les plus satisfaisantes de ces dernières années, je l'ai prise par les épaules et je l'ai embrassée. C'est à ce moment-là qu'elle m'a poussé et que j'ai perdu l'équilibre.

– OK, donc la fille disait la vérité.

– Mais est-ce qu'elle avait besoin d'en faire le sujet principal de son article ?

– Tu lui as servi cette histoire sur un plateau. C'est une journaliste. Tu lui as donné le bâton pour te faire battre.

– Elle ne pensait pas que ma prose était empesée avant que je lui fasse des avances. Elle aimait que ma pièce parle de quelque chose. Que ce ne soit pas un simple divertissement.

– Et ensuite tu as tout gâché en te jetant sur elle.

– Et elle a changé d'avis sur mes livres.

– Tu ne peux en vouloir qu'à toi-même, Asher.

– Je ne savais pas ce que je faisais. Je te dis, je perds les pédales ces derniers temps. »

Il était encore en train de discutailler avec lui-même, de s'implorer de se comprendre, lorsqu'il arriva à la maison et réussit enfin à se maîtriser. Il était tard et Connie dormait. Il pénétra dans la chambre sur la pointe des pieds pour ne pas la réveiller.

Il la regarda allongée là, une jambe nue découverte et aguichante, le visage aussi pur que le soir de leur première rencontre. Elle était plus sereine endormie qu'éveillée; dans la journée elle pouvait être terrifiante. Elle lui avait balancé une fourchette un jour pendant une dispute. Au sujet de Thane, évidemment. Il avait acheté du caviar beluga à Connie pour la fête des Mères. Il s'était dit qu'ils le savoureraient ensemble, voire qu'elle s'en régalerait seule. Mais c'était Thane qui avait tout mangé; elle le lui avait donné parce qu'elle savait qu'il aimait ça. Cela avait contrarié Baum et il lui avait fait remarquer qu'il l'avait acheté pour elle. Elle s'était sacrifiée avec joie pour Thane. Ce qui avait provoqué des échanges, et encore des échanges, des échanges bruyants, encore plus bruyants, acerbes, et pour finir, alors que Baum quittait la pièce en colère, elle avait saisi une fourchette et visé son dos. Elle s'était ensuite calmée mais elle ne s'était jamais excusée. Quelques mois plus tard, lorsqu'il était revenu de Manhattan avec un petit pot de harengs à la crème qu'il aimait tout particulièrement et qu'il avait acheté chez Barney Greengrass, il le cacha dans son tiroir à chaussettes avant de le vider, seul, et d'une traite.

Il y avait quelques années, elle aurait aimé qu'il la réveillât. Elle aurait aimé qu'il lui fît spontanément l'amour. Désormais, s'il la réveillait, elle lui en voudrait de s'immiscer entre elle et le premier rôle masculin, quel qu'il fût, qu'elle dévorait des yeux dans ses songes. Elle ne parviendrait pas à se rendormir, problème qu'elle n'avait jamais eu auparavant. Un jour, à Bora Bora, elle l'avait réveillé pour qu'ils puissent admirer ensemble le lever du soleil, et comme Hemingway aurait pu le dire, « l'amour à l'aube fut bon et vrai. Ils restèrent allongés là à se reposer, et ensuite ils recommencèrent. » Thane dormait dans la chambre jouxtant la leur, et elle avait fait attention à ne pas gémir trop bruyamment afin de ne pas le réveiller.

Dès le départ, Thane avait toujours été dans leurs pattes. Elle l'avait emmené à Bora Bora. « Je veux qu'il voie les poissons multicolores dans l'océan translucide », justifia-t-elle. Elle l'emmena à Venise. « Il ne va pas en revenir, de Venise. Personne n'y croit la première fois. J'ai hâte de voir sa tête. » Thane les accompagna à Athènes, à Istanbul. Il adora la mosquée bleue, mais fut surtout fasciné par les poignards ornés d'énormes émeraudes. En Espagne, Thane tomba malade. Il dut se faire opérer pour une appendicite. On aurait pu croire qu'ils se trouvaient au fin fond de l'Amazonie avec seulement des rebouteux tant Connie était folle d'inquiétude. Naturellement, à San Sebastian il fut parfaitement opéré, et le lendemain il caracolait dans le hall de l'hôtel pour aller dîner au restaurant.

« C'est un garçon sophistiqué, non ? remarqua Connie avec enthousiasme. Il aime le foie gras et la truffe. Quand j'avais douze ans, je n'avais jamais entendu parler des truffes. »

À l'hôtel à Paris l'année suivante, Baum remarqua : « Tu crois vraiment qu'il a besoin d'un massage ?

– Ça lui plaît quand la masseuse vient dans la chambre avec sa table pliante, avait répliqué Connie.

– Et d'une pédicure ? avait demandé Baum.

– Avoue qu'il est magnifique », s'exclama-t-elle. Et Baum aurait pu le reconnaître. Mais il s'en abstint parce Thane figurait déjà sur sa liste noire. Certes, le gamin était magnifique à certains égards. « Et tellement intelligent », ajoutait Connie au début de leur relation, quand ils voyageaient beaucoup parce que

Connie aimait faire découvrir le monde à Thane et nourrir sa culture générale. Et si Baum ne gagnait pas beaucoup d'argent, Connie ne voyait aucun inconvénient d'être la banque de la famille. Au fil des ans la question de l'argent n'avait surgi qu'une fois pendant une prise de bec, et il se dit que cela avait dû la gêner plus qu'elle ne l'avait laissé paraître.

« Je lui ai fait passer des tests de quotient intellectuel, affirma fièrement Connie au sujet de son fils. Ils n'en revenaient pas à Harvard. Il est autour de cent soixante, ce qui est stratosphérique, mais j'aurais pu le leur dire moi-même. » Malgré tous ses efforts, Baum ne réussit pas à se lier avec Thane, qui considérait que son père biologique était un grand et extraordinaire architecte et Baum un intrus incapable de décoller les mains de sa mère. Il était vrai que ses deux parents étaient extrêmement beaux et intelligents, et voilà qu'elle se retrouvait avec ce Baum fat et ambitieux dont l'œuvre était médiocre. Que voit-elle en lui ? s'interrogeait Thane. Un artiste ? En quoi est-il artiste ? Comment ce bouffon est-il soudain devenu mon beau-père ? Baum avait essayé d'être à la hauteur de son rôle de beau-père, mais il semblait incapable de se faire apprécier de Thane. Et aux yeux de Connie rien n'était trop beau pour son fils. Ce gamin avait-il besoin d'un matelas qui coûtait plus de cinquante mille dollars ? se demandait Baum. Le dos douloureux de Thane justifiait cet achat. Son père souffrait d'une petite scoliose et Connie ne voulait pas que Thane grandisse avec une colonne vertébrale tordue. Il fallait que ce moutard soit blond et se tienne droit comme dans les Jeunesses hitlériennes. Et Connie pensait-elle qu'il fût peut-être possible qu'elle le gâte trop en offrant à ce mioche pour ses quatorze ans une Rolex parce qu'il avait plus ou moins dit qu'il en voulait une ?

Thane et Baum s'étaient souvent chamaillés durant l'enfance de Thane, mais ce n'était pas le genre de désaccord qu'il avait avec Amnon Weinstock, le nouveau joueur de tambourin des White Chocolate Dandies. Ces altercations n'étaient pas des échanges animés entre deux hommes honorables exprimant des points de vue opposés. Il s'agissait d'attaques personnelles, prétendument au sujet de la politique et de la littérature, qui étaient en vérité l'occasion de glisser quelques petits spots publicitaires hostiles sponsorisés par un artiste frustré d'âge mûr et un jeune homme suffisant. Baum trouvait Thane de plus en plus imbu de lui-même au fil des ans. Une fois, alors qu'ils étaient allés en famille au cinéma voir *Persona*, le film d'Ingmar Bergman, Baum avait été ému par ce qu'il avait vu. Thane avait jugé le film obscur, prétentieux, alambiqué, ennuyeux. Lorsque Baum encensa *Le Bruit et la Fureur* de Faulkner, Thane décréta que le roman était OK, sans plus. Sûr d'avoir trouvé le roman qu'un garçon de treize ans aimerait, Baum conseilla à Thane de lire *L'Attrape-cœurs*. Thane le détesta, affirmant avec mépris que le protagoniste ne faisait que se plaindre.

À présent, avec le succès phénoménal de son premier roman, leur relation n'avait fait qu'empirer. Thane détesta devoir défendre sa réussite contre les accusations de mercantilisme de bas étage venant de ce qu'il considérait comme un auteur amer et raté ayant inexplicablement réussi à berner sa mère.

« Tu m'étonnes que toutes les femmes tombent amoureuses de Thane, s'exclamait sa mère rayonnante. Moi non plus je ne pourrais pas résister, si c'était autorisé par la loi. »

Le plus écœurant pour Baum était que Thane avait profité de sa célébrité récente pour proposer publiquement de prendre la place d'un scientifique retenu en otage par le gouvernement russe. Baum avait affirmé que c'était n'importe quoi, dans la mesure où Thane savait parfaitement que le département d'État n'autoriserait jamais une telle démarche. Une proposition sans danger mais qui faisait parler de lui un maximum, ronchonna Baum. « Ce petit con, avait dit Baum à Sheila Wasserman, sa cousine dont le frère était mort au Vietnam, essaie de jouer les héros. »

Un jour, alors que Thane venait de remettre son manuscrit à son éditeur, ce fut la conversation que Baum surprit entre ce dernier et sa mère qui fit déborder le vase. Ils jouaient tous trois au Scrabble en buvant du vin par une pluvieuse soirée d'été. Baum prit congé et dit qu'il montait dormir. Mère et fils continuèrent de jouer sans se rendre compte que Baum avait fait un crochet par la cuisine pour grignoter quelque chose avant de gagner sa chambre. Il était en train de chercher le gâteau au chocolat lorsqu'il sentit une légère douleur du côté gauche de sa poitrine. Inquiet que ce ne fussent les prémices d'une thrombose coronaire, il s'assit pour se reposer. Au début, il n'entendit que les voix de Thane et sa mère en train de jouer au Scrabble. Ni l'un ni l'autre n'avaient compris que Baum n'était pas monté se coucher à l'étage et qu'il pouvait entendre chacune de leurs paroles.

« Qu'est-ce qu'il avait ce soir ? interrogea Thane. Il n'arrivait pas à se concentrer sur le jeu, ça c'est sûr.

– Il est toujours un peu perdu quand il pense à un nouveau roman.

– C'est ça ? J'espère qu'il ne va pas nous faire une nouvelle leçon de philosophie soporifique où il est chaque personnage, enfin où ses idées le sont, je devrais dire.

– Parfois je me dis qu'il serait plus heureux à enseigner dans une université, remarqua Connie, mais il refuse de s'y résigner.

– Tu veux dire tu refuses. »

Thane but une gorgée de vin, tiraillé entre honnêteté et bienveillance.

« Tu as raison. C'est salaud de ma part.

– Le problème, c'est que tu l'as surestimé.
– Ta mère a pris de mauvaises habitudes. Elle est très exigeante.
– Il est temps d'admettre que tu t'es trompée, dit Thane. Il est médiocre avec ses idées éculées. Tout ce qu'il dit l'a déjà été cent fois, et en mieux. Toutes ces questions auxquelles il n'existe pas de réponse prennent vie sous la plume de grands écrivains. Avec lui, on dirait qu'il rabâche ce qu'il a appris et il te fait la morale en plus. Je ne dis pas qu'il n'a pas une certaine facilité avec les mots, ce qui est génial pour le Scrabble mais pas pour la littérature. Est-ce que je suis trop franc, là ?
– Tu n'as jamais aimé Asher, pas vrai ? Dès le départ », fit Connie.

Dans la mesure où elle buvait depuis quelques heures du chambolle-musigny, elle était légèrement éméchée.

« Puis-je exprimer le fond de ma pensée puisque le sujet est sur la table ?
– Je sais que tu ne l'as jamais aimé. Tu n'as pas besoin d'enfoncer le clou.
– C'est un raté, maman. Indigne de toi. Je ne sais pas ce que tu as vu en lui. Comparé à papa, c'est un fantoche. Je l'ai compris dès le début, et avec le temps mon intuition n'a fait que se confirmer. C'est toi qui as abordé le sujet, donc je me permets d'être honnête. J'essaie de le respecter par amour pour toi, mais c'est un abruti, un guignol. »

C'était son tour maintenant de boire une nouvelle gorgée de vin, pour reprendre des forces afin de poursuivre ce monologue désagréable. Tout du long Baum resta assis en silence, oubliant sa douleur thoracique qui s'avéra n'être que de l'indigestion. Un abruti, un guignol. Voilà ce à quoi cet arrogant prodige l'avait réduit. Non pas un écrivain noble en souffrance, mais un *nudnick*. Il n'avait qu'une envie, se précipiter dans la pièce et lui en coller une.

« Ton beau-père était autrefois un homme très charmant et très intelligent, déclara Connie d'une voix tremblante. D'une certaine façon il arrive encore à être plutôt brillant, et quand tu parles de facilité avec les mots, il a plus que ça. J'ai admiré par-dessus tout un article qu'il avait écrit sur la Shoah. Il a une compréhension très profonde de l'existence. Il avait publié des nouvelles qui laissaient entrevoir un vrai talent. J'ai cru qu'il écrirait un jour un grand livre. J'avais l'impression qu'il avait tellement de potentiel.

– À mon avis, tu confonds profond et sombre. Il est cynique. C'est facile d'être pessimiste et de ne proposer aucune solution. Il n'y a pas de joie, pas de rédemption. Qui a envie de lire des centaines de pages pour s'entendre dire qu'il faut se mentir à soi-même si on veut traverser tout ça ? Pas moi. C'est une malédiction. Il refuse d'accepter qu'il ne sera jamais un grand écrivain. Personne n'a besoin de son *Karamazov* réchauffé. Ou d'un pâle ersatz de cinq cents pages de son autre héros, Kafka, décréta Thane.

– Il était ambitieux, et le sort de l'humanité le touche. Il a su très bien m'exprimer ce qu'il visait quand on s'est rencontrés. Il m'a beaucoup impressionnée et je sortais de deux mariages difficiles.

– En d'autres termes, c'était un beau parleur.

– Tout ce que j'aimerais, c'est que vous vous entendiez mieux.

– Il m'en veut parce que je le perce à jour. Quand mon livre sortira, j'espère seulement qu'il te donnera la joie et la satisfaction que tu mérites. Tu sais que je te dois tellement. »

Cet avis sincère sur Baum n'améliora guère l'opinion que ce dernier avait de son beau-fils. Cette prétentieuse petite *vontz*, pensa Baum. Je ne peux pas le voir, et j'ai détesté son livre ; c'était emprunté du début à la fin. Et peu importe ce qu'en dit la presse. Certes, ça part d'un postulat très prenant, et oui les personnages sont uniques, mais ça cède aux sirènes du goût du jour. Mais les goûts changent, et ce livre, aussi ingénieux qu'il soit, finira dans la poubelle de l'Histoire, dans les bacs de livres soldés.

Baum se figura les vieilles biques des clubs de lecture que l'illustratrice Helen Hokinson croquait pour le *New Yorker* dans les années 1940, soupirant d'admiration devant le livre de ce nouvel auteur et croyant déceler du sens là où il n'y en avait pas. Et maintenant une émission de télé du dimanche matin allait envoyer une équipe filmer pour dire à quel point cette coqueluche du moment était géniale. Baum allait devoir chanter ses louanges, vanter ses habitudes de travail, la profondeur de sa pensée, son charme. Dans un mauvais film, il se tournerait face caméra et dénoncerait avec virulence l'imposteur. C'était un petit narcissique pourri gâté, un talent de seconde zone qui profitait des plumitifs crédules et d'un public toujours plus abruti. Mais ce n'était pas un film et il n'allait pas dégommer le garçon. Il ne révélerait pas aux spectateurs leur erreur, ni qu'un jour on attaquerait ce livre tout comme Mark Twain s'en était pris à l'œuvre de Fenimore Cooper.

Baum sombra dans le sommeil. Étant donné son état d'anxiété, l'on eût pu croire qu'il aurait rêvé d'araignées et fait son cauchemar récurrent dans lequel il était bâillonné avec du chatterton et roué de coups de pied par un jury de ses pairs jusqu'à ce que mort s'ensuive. Mais non, il fit un rêve plutôt charmant cette nuit-là : ses parents célébraient un anniversaire de mariage et Baum était très ému de les voir s'embrasser, aussi amoureux l'un de l'autre qu'au premier jour de leur rencontre. Comme cadeau, Baum leur avait acheté une radio, un vieux poste antique, et lorsqu'ils l'allumèrent, l'appareil fonctionna, sauf qu'il diffusa des émissions et des chansons du temps jadis et, sur le visage de Baum endormi, on aurait presque pu déceler l'esquisse d'un sourire alors qu'il contemplait en songe sa mère et son père se tenant la main tout en écoutant *Make Believe Ballroom* sur un vieux poste Philco.

Le lendemain matin, la réalité était de retour, s'étant insidieusement répandue telle de la colle forte. C'était une journée d'automne nuageuse, précisément le genre de temps qu'il affectionnait. Baum détestait les journées ensoleillées. Hormis le fait qu'il s'inquiétât du caractère cancérigène des rayons ultraviolets, il n'aimait pas voir le monde sous une lumière trop éclatante. Un doux éclairage gris était charmant, les choses et les gens baignant dans une lumière trop crue n'avaient rien de romantique ; il avait toujours préféré la pluie.

Connie et lui prirent leur petit-déjeuner en silence, absorbés par la lecture du *New York Times*, madame le lisant sur son ordinateur, monsieur sur son téléphone portable, échangeant de temps à autre quelque commentaire anodin sur le chaos du jour ou l'ineptie politique ambiante. Il tenta de lui raconter son rêve mais elle était captivée par l'histoire du viol collectif d'une jeune Brésilienne. Il se replongea dans le récit de l'agression fortuite d'un homme attaqué au marteau dans la rue par un inconnu. Leurs attentions ne se concentrèrent qu'une seule fois de concert, sur une loi datant de 1821 encore en vigueur, valant un an de prison à toute personne l'ayant enfreinte : l'État fédéral considérait comme un crime le fait de fabriquer de fausses dents lorsqu'on n'était pas dentiste et de les expédier d'un État à un autre. Connie se demanda si quiconque avait jamais purgé une peine de prison pour cela. Et Baum songea que cela ferait un bon sujet pour un billet humoristique dans le *New Yorker*. Il se serait bien lancé dans l'entreprise s'il avait eu le temps de s'occuper brièvement d'autre chose que du livre auquel il réfléchissait, qui était tout sauf amusant puisqu'il s'intéressait à l'Inquisition qui avait contraint Galilée sous la torture à désavouer ses découvertes scientifiques.

Le sujet mena à un débat sur le droit américain, la justice pénale et, pour finir, la peine capitale. Connie était contre sur toute la ligne ; Baum beaucoup moins catégorique. Un homme massacre cinq enfants dans une famille, raisonna-t-il. Et si savoir que l'assassin allait être pendu donnait un infime fragment de réconfort aux parents ? Elle affirma que la peine s'adressait à la société et non pas à des parents en quête de vengeance, et aucune société ne pouvait trouver acceptable de supprimer une vie pour sanctionner un crime. Ils poursuivirent le débat tout en buvant leur café et en mangeant leur muffin à la farine de maïs, sans parvenir à se mettre d'accord. Pour sa part, quel que fût le sujet, Baum ne semblait jamais pouvoir éprouver la moindre certitude, même s'il avait longuement réfléchi à la question. Il était passé maître dans l'art de douter de soi-même.

La vérité, c'était que ce matin-là il était tout simplement content de ne voir aucune mention dans le journal d'un auteur se jetant soudain sur une journaliste après que celle-ci eut interviewé ledit auteur.

Le petit-déjeuner terminé, chacun vaqua à ses occupations. En ce qui la concernait, Connie partit regarder des photographies de chiens qu'elle venait d'acquérir. Elle était déterminée à avoir un chien même si elle savait qu'il n'aimait pas particulièrement les animaux de compagnie. Elle avait prétendu qu'un doberman se montrerait très protecteur, et si elle ne s'inquiétait pas du tout des cambrioleurs potentiels, elle savait qu'il était un peu paranoïaque et qu'il ne serait pas contre l'idée d'avoir un chien de garde. Mais les dobermans rappelaient à Baum la Gestapo, et il était convaincu qu'ils étaient élevés pour être antisémites. Elle lui avait proposé alors un golden retriever. Il trouvait ces chiens-là intelligents, gentils et loyaux, mais en fin de compte cela restait des chiens. Des animaux à quatre pattes qui aboyaient. Très peu pour lui. Elle avait même parlé d'élever des caniches et de participer à des concours canins. Elle était allée jusqu'à suggérer qu'il se renseigne un peu sur les différentes races parce qu'elle avait bel et bien l'intention de se procurer un quadrupède. Comme d'habitude, et dans la mesure où il passait pour un grincheux qui passait son temps à *kvetcher*, les sentiments de Baum à ce sujet ne seraient pas pris au sérieux. « Enfin, franchement, avait-elle conclu, impatiente, qui n'aime pas les chiens ? »

Il marcha jusqu'à l'autre rive du lac, songeant que ce n'était pas qu'il détestât absolument les chiens, mais déjà qu'il avait le sentiment de craquer, la dernière chose qu'il lui fallait c'était un clébard haletant à ses pieds, les yeux rivés sur lui. Enfant, il avait longtemps espéré avoir un chien, après avoir vu dans des films tant d'entre eux sauver des vies, faire preuve de courage, de bravoure, d'intelligence supérieure. Lorsque ses parents finirent par accéder à sa demande en lui achetant un épagneul, s'en occuper lui parut pesant, exigeant, et l'animal lui parut stupide et surtout peureux. Tout bien réfléchi, il n'aimait pas beaucoup les animaux. Les chats sauvages qu'il trouvait magnifiques à la rigueur, mais un chien en laisse ou un perroquet dans une cage, voire – que Dieu nous garde – des poissons rouges dans un bocal, au secours. Les animaux de compagnie, ce n'était pas pour Baum. Mais le cœur de la question, c'était que Connie s'en fichait. Qu'il soit d'accord ou pas, c'était le même prix. La tension entre eux était devenue au fil des ans quelque chose de tangible, à l'instar de l'espace vide qui n'est pas véritablement vide, de sorte que cette tension dans laquelle ils vivaient était comme peuplée de particules quantiques.

« Tout d'un coup, c'est un chien. Elle sait ce que j'en pense mais je n'ai pas voix au chapitre. Oui, je pourrais insister, mais ça ne mènerait qu'à une nouvelle dispute qui ne mènerait qu'à une dispute encore plus virulente et pour finir à une dispute non pas au sujet des caniches, des dobermans ou des golden retrievers, mais sur les multiples manières dont nous nous sommes mutuellement déçus. »

Baum avait raison. Le sujet des chiens ne lui vaudrait que des reproches concernant son insensibilité, les occasions qu'il avait ratées, sa façon peu imaginative de faire l'amour et le sentiment de solitude qu'ils éprouvaient en présence l'un de l'autre. Sans parler du reste. En tout cas, cela n'aurait plus rien à voir avec Médor ou Rex.

De l'autre côté du lac, une voiture s'engagea dans l'allée menant jusqu'à la maison. C'était Thane et sa petite amie. Celle dont Connie lui avait fait l'article avec tant d'enthousiasme ; celle qui à ses yeux était parfaite pour son fils. Baum ne pouvait la voir d'aussi loin, mais il était convaincu qu'elle était en tous points semblable à une mannequin ravissante en bikini mais beaucoup moins éblouissante intellectuellement parlant.

« Certaines d'entre elles sont très intelligentes, se dit-il à lui-même.

– Celle qui était neurochirurgienne, c'est ça ?

– Oui, celle avec le genre de physique que les hommes ne voient qu'en rêve.

– Bon sang, mais qu'est-ce qu'elles peuvent bien lui trouver ?

– Tout, et maintenant il est en train de vendre les droits cinématographiques de son roman.

– Tu as lu ça où ?
– Dans la rubrique potins d'un journal.
– Une adaptation cinéma de ce livre ? Je ne devrais pas m'étonner. C'est une histoire commerciale.
– L'intrigue est super et les personnages sont originaux.
– C'est un film que je n'irai pas voir.
– Crois-moi, ils n'ont pas besoin de tes quinze dollars. »

Asher continua de faire quelques remarques désobligeantes tout en observant Connie sortant de la maison de l'autre côté de l'étang pour enlacer les nouveaux arrivants, avec beaucoup d'affection manifestement envers la petite amie de Thane. Il faut que j'aille la rencontrer, j'imagine, et que je me montre intéressé, songea Baum. Connie lui fit signe de les rejoindre. Baum se dit : elle se fiche éperdument de savoir que je suis là en train de plancher sur la structure de mon nouveau roman. Je suis un écrivain qui travaille, qui se soucie de la littérature, mais Thane est là, alors je dois tout laisser tomber et avec un peu de chance il me fera des recommandations sur ce que je dois dire au journaliste de la télé. Connie et lui vont passer en revue mes commentaires et décider s'ils sont suffisamment élogieux.

Le temps que Baum fasse le tour de l'étang pour regagner la maison, Thane, Sam, sa petite amie et Connie étaient rentrés à l'intérieur. Connie concoctait un mochaccino glacé pour son fils tandis que l'enfant prodige affirmait à sa compagne que la boisson, « quand c'était maman qui la préparait », était purement et simplement de l'ambroisie.

Lorsque Baum pénétra dans la pièce et posa le regard sur la petite amie de Thane, il fut stupéfait. Non seulement elle était belle, mais elle ressemblait très fortement à son ex-femme, Tyler, l'amour de sa vie. Sam avait une mine éclatante, elle était d'une beauté à couper le souffle comme Tyler sans maquillage, parfaite au naturel. Baum ne put s'empêcher de la dévisager. La ressemblance avec Tyler était saisissante. Tout comme elle, Sam aurait l'air aussi à l'aise dans le vaste salon d'un appartement-terrasse, un martini à la main, qu'assise sur une meule de foin au fin fond de l'Iowa. Elle portait une robe en coton blanc et Baum se dit intérieurement que c'était Tyler : même sourire, mêmes grands yeux, mêmes cheveux blonds et lisses.

« Qu'est-ce que tu regardes comme ça ? » lança Connie arrivant de la cuisine avec deux mochaccinos glacés et remarquant son mari figé comme s'il avait reçu une décharge de taser.

« Oh, pardon. J'essayais de me souvenir d'un vers, mentit-il maladroitement. *Né du désespoir et de l'impossibilité*, il me semble l'avoir lu quelque part.

– Andrew Marvell, dit Sam. Un poète très romantique. »

Le visage de Baum devint si brûlant que l'on eût pu y griller de la viande.

« Sam, je te présente Asher, intervint Thane pour faire les présentations. Je t'ai parlé de lui. »

Tu m'étonnes, songea Asher. Il m'a sans doute planté un poignard directement entre les omoplates.

« Vous êtes son père, fit Sam.

– Son beau-père », s'empressa de rectifier Baum, glissant malgré lui dans le costume de Baum le Maladroit puis de Baum Je-manque-d'assurance. Les quatre cavaliers de l'Apocalypse de Baum comptaient aussi parmi eux Baum Panique-à-bord et Baum l'Hystérique.

« Sam Taylor, fit-elle, tendant la main.

– Pourquoi ce nom me dit-il quelque chose ? interrogea Baum.

– Sûrement parce que Sam travaille pour l'éditeur de Thane, claironna Connie, distribuant les verres. Tu voulais quelque chose, Asher ? De l'eau chaude avec du citron ?

– Non, ça va. »

Baum avait lu quelque part que l'eau chaude et le citron aidaient à éliminer les toxines, et dans l'espoir de vivre éternellement il avait inscrit ce mélange à sa liste de remèdes supposément miraculeux. Connie et Thane l'avaient tous deux raillé à ce sujet.

« Thane ne m'avait pas dit que vous planchiez sur un nouveau roman, déclara Sam.

– À vrai dire, je n'ai pas beaucoup avancé, avoua Asher. »

Dieu seul savait ce que Thane lui avait dit ou pas à son sujet, pensa-t-il. Il lui a certainement raconté ma dépression nerveuse, songea-t-il. Je suis sûr qu'il a exagéré.

« J'aimerais beaucoup que vous me parliez un peu plus de votre roman si vous le voulez bien, dit-elle. Je travaille pour l'éditeur de Thane. J'ai beaucoup aimé votre dernier ouvrage.

– Vous l'avez lu ?

– D'un bout à l'autre. Je n'ai pas compris la réaction des critiques. C'est sans doute parce que certaines des idées étaient trop dures à appréhender. J'ai admiré votre courage. »

Soudain, les deux terribles années qu'il avait passées à suer sang et eau pour pondre quatre cents pages tourmentées lui semblèrent avoir valu la peine.

« Qu'en penses-tu, du mochaccino ? demanda Thane à Sam.

– C'est délicieux, répondit celle-ci.

– Allez, viens, s'exclama Thane. Je ne t'ai jamais vraiment montré toute la propriété. »

Puis, comme se réveillant le matin de bonne humeur sans raison apparente, Baum émergea de sa stupeur et les jeunes amants partirent se promener dans les bois pour admirer les couleurs d'automne.

« C'est la seule fille qu'il me présente qui soit vraiment pour lui, à mon avis, décréta Connie.

– Oui ?

– J'ai essayé de te la présenter la dernière fois qu'elle est venue ici, mais tu étais trop occupé à écrire une lettre d'insulte au *Times* de Londres. Elle est ravissante, intelligente, très impliquée dans le monde littéraire. Elle pourrait le rendre heureux mais aussi véritablement contribuer à sa carrière.

Tu as repensé à l'idée d'avoir un chien ? Je penche de nouveau vers un doberman. » À ce moment précis, l'esprit de Baum était aussi loin du monde animal que la planète Neptune de Perth Amboy. Elle est la réincarnation de Tyler, voilà ce à quoi pensait Baum. Il y avait belle lurette qu'il n'avait plus eu de montée d'euphorie, il croyait qu'il n'en connaîtrait plus jamais et avait même à moitié espéré que cela fût le cas. Connie quitta la pièce, puis la maison et prit la voiture pour aller faire des courses à New Milford. Thane adorait le homard et peut-être qu'elle en trouverait encore au marché à poissons si elle y arrivait avant la fermeture. Baum s'assit dans le canapé et respira. C'est tout ce qu'il fit, seulement respirer. Il sentait en lui un entrain mystérieux.

« T'es dingue ou quoi ? s'écria-t-il soudain à haute voix.

– Pourquoi dingue ?

– Tu te laisses aller à la nostalgie d'une femme qui t'a brisé le cœur.

– Elle me rappelle tellement Tyler. Ce n'est pas seulement la ressemblance physique, c'est aussi sa manière de se tenir, de s'exprimer. Quand je regarde Sam, je vois Tyler.

– Asher…

– Arrête avec tes Asher. Je te le dis, c'est Tyler tout craché. Plus tu regardes, plus c'est évident. »

L'histoire de Baum et Tyler aurait fait un bon film, ou peut-être devrait-il dire un mauvais film hollywoodien. Elle avait tous les éléments d'une comédie romantique sentimentale ; tout ce qui lui manquait, c'était une fin commerciale. Baum avait tourné la page de son divorce avec Nina lorsque Tyler avait croisé sa route. Il vivait dans un petit appartement de la 78e Rue entre Park et Lexington. À cette époque, de nombreuses maisons de ville jadis habitées par des familles avaient été découpées en une multitude d'appartements tous différents les uns des autres, certains charmants, d'autres mal foutus, chers mais encore abordables. Celui de Baum n'était pas si mal. Il donnait à l'arrière sur le jardin boisé d'un voisin et disposait d'une cheminée. Baum payait huit cent cinquante dollars par mois de loyer et aujourd'hui ce même deux pièces et demie devait en valoir plusieurs milliers.

C'était un week-end du 4 juillet. Manhattan, et certainement l'Upper East Side tout entier, était vide, sa population aisée étant partie dans les Hamptons, à Martha's Vineyard voire en Europe. N'importe où, pourvu que ce soit loin de la chaleur humide et étouffante des rues de la ville. Seuls restaient Baum et les quelques rares accros au béton qui aimaient Manhattan l'été. Ces âmes se délectaient de la fluidification de la circulation et de l'accès devenu facile dans les restaurants, les musées et les théâtres de Broadway. Baum détestait tous les lieux de villégiature où tout le monde se rendait, et il aimait l'été à Manhattan tant que fonctionnait son climatiseur. Lorsque la fête du Travail arrivait, le premier lundi de septembre, il en avait assez du calme et était heureux de voir revenir les habitants et le chaos prometteur qui allait avec. Une fois, des amis l'avaient convaincu de leur rendre visite à East Hampton. Le trajet lui avait paru long et ennuyeux, la circulation tellement dense qu'il avait littéralement roulé pare-chocs contre pare-chocs. La maison face à la mer était vaste et cossue et on lui avait attribué une chambre charmante, mais il avait trouvé les draps humides et le bruit incessant des vagues se brisant sur la plage l'avait empêché de dormir. Curieusement, la cacophonie urbaine ne l'empêchait jamais de se reposer ; ni les sirènes de police, d'ambulances ou de pompiers, ni les synago-mobiles, ni les marteaux piqueurs des ouvriers réparant les nids-de-poule à n'importe quelle heure du jour ou de la nuit. Mais l'incessant ressac apaisant de l'Atlantique l'empêchait de fermer l'œil.

Dans les Hamptons, il se levait et s'habillait à 6 heures du matin. Il aimait aller marcher sur le sable blanc et frais. Seul sur le rivage sans fin, entre l'immensité du ciel gris et maussade à l'aube et celle du vaste océan, dont les vagues allant et venant lui rappelaient que le temps ne progressait que dans une seule et unique direction, ses pensées se tournaient tout naturellement vers l'éternité et, de là, vers la religion. Si jamais Dieu avait voulu révéler ses intentions, c'était ici, dans ces circonstances, que cela devait se produire. Fixant l'horizon, il attendait quelque signe. Ne voyant venir aucun message ni instruction divine susceptibles de matérialiser l'intuition ineffable qu'il avait eue de « quelque chose de plus grand » – en d'autres termes, Dieu lui faisant faux bond –, la ville, où les indices d'immortalité étaient rares mais où en cas de problème on pouvait toujours appeler les urgences, commença à lui manquer. Quant à l'existence de Dieu – ce piège à gogos –, on repasserait.

Plus tard en fin de journée, ses hôtes l'emmenèrent dans quelques sauteries peuplées de personnages qui auraient ravi n'importe quel caricaturiste. « Rose Kimmel se pavane avec ses nouvelles boucles d'oreilles JAR » au Barbeque d'Amagansett, une série de planches de William Hogarth. Planche #2 : « Sidney Kantor, PDG d'un fonds d'investissement lance un frisbee à son chien. » Planche #3 : « Max Koch recommande à Edith Klein d'intenter un procès à son chirurgien esthétique. » Planche #4 : « Un ivrogne macule de guacamole le Rothko des Gillman. » Planche #5 : « Fran Bigman affirmant à un acteur qu'elle ne croit à aucune des allégations avancées. »

Après une de ces soirées, se dirigeant vers sa voiture, Baum se vit non pas dans une caricature mais dans un tableau – mains plaquées sur les oreilles, bouche grande ouverte – signé Edvard Munch.

Baum regagna Manhattan après un trajet pare-chocs contre pare-chocs aussi long qu'une traversée du *Queen Mary*. Il se déshabilla pour se doucher et se préparer à dormir et découvrit, horrifié, deux taches noires sur sa jambe. Comme d'habitude, il pensa aussitôt à des mélanomes et se précipita sur son téléphone pour appeler sa dermatologue. Mais il remarqua que les taches ne ressemblaient en rien aux photographies qu'il se souvenait d'avoir vues sur les panneaux de mise en garde dans le cabinet de la docteure Gill. C'est alors que son sang ne fit qu'un tour et qu'il comprit qu'il s'agissait de tiques enfoncées dans sa peau. Ses cheveux se hérissèrent, au garde-à-vous tels les Coldstream Guards de Sa Majesté. Dans tous ses états, des palpitations lui martelant la tête, il examina scrupuleusement son corps entier pour voir s'il y avait d'autres intrus et fut mortifié de découvrir une troisième créature dans son dos. Résistant à un tsunami de panique, il se souvint d'avoir lu un jour qu'il ne fallait pas tenter d'extraire les tiques avec une pince à épiler car on pouvait arracher le corps mais laisser la tête dans la peau. Il était recommandé de craquer une allumette puis de l'éteindre et d'appliquer le bout encore chaud sur la partie exposée de l'insecte, ce qui le faisait détaler.

Comme un fou, il se mit en quête d'allumettes. Il ne fumait pas, mais attendez, la cheminée. Il y avait des allumettes dans le pot en cuivre près de l'âtre. Il se précipita pour en prendre une, l'alluma et toucha les deux premiers insectes au niveau de la tête. Miraculeusement, ils lâchèrent prise exactement comme prévu. Les difficultés commencèrent avec celui se trouvant dans son dos, qu'il ne parvint pas à atteindre malgré toutes ses contorsions et gesticulations. Malédiction des malédictions, il dut monter dans les étages chercher un voisin pour l'aider à accomplir cette effroyable intervention. Tout le monde dans l'immeuble était parti pour le week-end, à l'exception d'une vieille dame confinée chez elle, Mme Melnikoff, vieille bique amère s'il en était. Melnikoff avait quatre-vingt-dix ans, souffrait d'une mauvaise vue et faisait ce qu'elle pouvait avec des prothèses auditives hors d'âge. Il effraya d'abord la pauvre dame au plus haut point en sonnant à sa porte encore et encore à cette heure tardive, avant d'expliquer à cette nonagénaire à moitié sourde les complexités de sa situation désespérée. Elle ignorait ce qu'était une tique et pensait qu'il était atteint d'une quelconque maladie neurodégénérative à s'adonner ainsi à sa danse de Saint-Guy. Il répéta à plusieurs reprises ce qu'il fallait faire et, lorsqu'il finit par soulever sa chemise, elle laissa échapper un cri. D'une main tremblante, elle tortura et tortura Baum avec des allumettes aux bouts encore incandescents, et après plusieurs tentatives infructueuses, elle atteignit enfin sa cible. Baum en aurait pleuré de reconnaissance. Il se promit de lui envoyer un gros bouquet de fleurs, regagna son appartement, se servit un grand verre de porto et, pour la première fois depuis plusieurs jours, dormit sur ses deux oreilles.

Ainsi, il s'était promis de ne plus s'aventurer loin de sa ville préférée durant les mois d'été, préférant la torpeur estivale chez lui à l'abri de tout insecte, avec son ventilateur à fond. Il connaissait quelques rares personnes restées en ville, mais même elles partaient la plupart du temps le week-end. En choisissant de rester à Manhattan en juillet et en août, le seul problème était qu'il souffrait de solitude. Un 4 juillet, après avoir travaillé toute la matinée à son roman, il décida de faire une pause et, n'ayant rien dans son frigo, d'aller déjeuner dans l'Upper East Side aussi désert et désolé qu'après une attaque nucléaire. C'était une journée chaude, humide et brumeuse, le genre de temps que les New-Yorkais détestaient. Il opta pour un traiteur de Madison Avenue où il pourrait se prendre un sandwich jambon-fromage, une bière et peut-être un feuilleté à la cerise.

Il quitta son appartement et, espérant éviter l'insolation, parcourut lentement les deux blocks le séparant de l'établissement, avant de pénétrer dans l'endroit délicieusement frais et blanc. Il commanda son sandwich puis examina les *schnecken* afin de choisir celui qui lui convenait le mieux. C'est alors qu'il remarqua une jeune femme d'une beauté terrifiante. Elle avait cet air campagnard et authentique qui infailliblement l'ensorcelait, le visage rond et enjoué avec de grands yeux, pas de maquillage, des cheveux blonds et lisses, des anneaux argentés aux oreilles, des sandales et une robe d'été blanche et courte. Ses courbes plantureuses, comme le formulerait plus tard Baum, incarnaient la « succulence immaculée ». Cette puissante alliance de petits miracles fut pour Baum comme un philtre d'amour. En la regardant tendre la main vers un bocal situé sur une étagère en hauteur, il fut transporté jusqu'au fin fond de la galaxie d'Andromède. C'était quoi le pouvoir de ces robes d'été en coton blanc ? s'interrogea-t-il. Sont-elles lavées aux phéromones ?

Il dit : « Vous voulez que je vous aide ?

– Avec plaisir. »

Il s'exécuta galamment tel Walter Raleigh recouvrant de sa cape une flaque de boue pour laisser passer la reine.

« Merci beaucoup, fit-elle tandis qu'il la dévisageait, les yeux étincelant comme des feux d'artifice. À mon avis, on doit être les deux dernières personnes à être restées en ville, ajouta-t-elle.

– Oui, souffla-t-il. Je crois que j'aime cette idée. »

Soudain il s'entendit dire « Je crois que ». Il aurait dû se contenter de « J'aime cette idée », et couper ce « Je crois que » affreusement emprunté.

« Moi aussi », répliqua-t-elle.

Ensuite il ne sut quoi ajouter. Cet écrivain, ce magicien des mots, ce romancier, l'homme qui se faisait fort de pondre des phrases dignes des auteurs de *Crime et Châtiment* et du *Procès*, ne sut comment poursuivre la conversation après ce stupide « Je crois que ». Elle se dirigea vers le comptoir où le préposé lui tendit sa commande.

« Voici votre salade de crevettes. Ce sera tout ?

– Et ce pot de miel aussi », répondit-elle.

Baum resta planté là tel l'homme à la houe de Markham, immobile et stupéfait, l'air bovin, tandis qu'elle réglait ce qu'elle devait avant de saisir le récipient en plastique contenant sa salade et de franchir la porte pour s'éloigner dans la chaleur frémissante de la ville. Baum finit par se reprendre, et il cligna des yeux, regrettant d'être resté là comme foudroyé. Il se précipita vers le comptoir, décida de laisser tomber le feuilleté et régla son sandwich au jambon. Il voulait parler à cette femme. Il ne supportait pas l'idée qu'elle disparût tout simplement de sa vie. Dehors en un clin d'œil, il regarda à droite et à gauche, indifférent à l'humidité tropicale ambiante, et il l'aperçut au loin tournant au coin de la 76e Rue en direction de la Cinquième avenue. Il s'élança à sa poursuite, mais en arrivant dans sa rue, il eut tout juste le temps de la voir s'engouffrer dans une bâtisse en grès rouge. Une fois devant, il se rendit compte qu'il s'agissait d'un bâtiment comme le sien, divisé en une demi-douzaine d'appartements. La porte d'entrée était fermée et elle avait disparu. Il fit le point sur la situation, passant en revue les différentes alternatives s'offrant à lui.

Il scruta les noms sur l'interphone, se demandant sur quel bouton appuyer. S'appelait-elle Dubinsky ? Jethro, Leeds, Hart, Royce, Jazack ? Il se dit qu'il se comportait comme un parfait imbécile. Mais que peut faire un homme lorsqu'il a un coup de foudre ? Lorsqu'il va pour s'acheter un sandwich au jambon et qu'il tombe sur une femme qu'il aimerait contempler tous les matins pour le restant de ses jours, avec laquelle il voudrait se faire incinérer afin de partager la même urne pour l'éternité ? C'est digne d'un film, songea-t-il. Je suis dans un film. Je suis fixé sur une pellicule.

Son ami Weinstock avait toujours eu une théorie selon laquelle les écrivains avaient plus le sens du drame que les acteurs eux-mêmes. Ils avaient une façon bien à eux de s'habiller : vestes en tweed avec coudières, blousons militaires, cols roulés, bottes en peau retournée ; ils buvaient et fumaient à l'excès, défiant la mort, ou bien ils se suicidaient. C'étaient des acteurs interprétant des écrivains, et il était là : un écrivain mais dans un autre genre de film. Il était coincé dans une stupide comédie romantique, dans le rôle du protagoniste malchanceux se comportant de manière ridicule à cause d'une femme qu'il ne connaît pas ; une femme qui avait peut-être un compagnon ou qui avait empoisonné ses trois derniers maris. Il sonna chez Hart et chez Jazack mais il n'y avait personne. Il sonna ensuite chez Leeds et un homme répondit.

« Désolé, je me suis trompé. »

Lorsqu'il appuya sur Royce, elle répondit, et il reconnut aussitôt sa voix.

« Oui ? fit-elle.

– Euh... Bonjour, bafouilla-t-il. Vous êtes la femme qui vient d'acheter de la salade de crevettes chez le traiteur ?

– C'est qui ?

– Je suis la seule autre personne à être restée à New York ce week-end. Je vous ai aidée à prendre un pot de miel sur une étagère en hauteur.

– Oh, oh, merci. Je ne vous ai pas remercié ?

– Je voulais vous parler mais vous êtes partie et je vous ai vue, je vous ai vue rentrer dans ce bâtiment.

– Vous m'avez suivie ?

– Pas pour vous harceler. J'ai voulu vous rattraper pour poursuivre notre conversation et je vous ai vue entrer dans cet immeuble. Écoutez, si je vous dérange... j'habite juste au coin de la rue. Je m'appelle Asher Baum. Je suis écrivain. Vous avez peut-être lu mon livre, *Désespoir*. Loin de moi l'idée de penser que vous auriez dû le lire, mais c'est peut-être le cas. Si les critiques ne vous ont pas refroidie. Enfin la traduction française s'est plutôt bien vendue. Sans doute parce que le thème central est existentiel.

– Mais qui êtes-vous ?

– Asher Baum. J'ai attrapé le pot de miel sur l'étagère du haut.

– Ah, ah, d'accord. Eh bien, merci.

– Hé, écoutez, ça vous dirait de déjeuner ? Comme on est tout seuls en ville, je me disais qu'on pourrait prendre ce qu'on vient de s'acheter et aller au parc manger sur un banc.
– J'ai déjà déjeuné.
– Vous avez déjeuné ? Vous avez mangé votre salade ?
– Oui.
– Si vite ?
– Oui.
– Mon Dieu, bon, je suis à court d'idées, là. Je me disais que ce serait sympa. J'adore Central Park. Qui eût cru que… vous deviez être affamée.
– Je mange vite.
– Euh, si vous ne voulez pas déjeuner avec moi, voulez-vous m'épouser ?
– Pas aujourd'hui. Il fait trop chaud, répondit-elle. Mais je vais vous donner mon numéro de téléphone. On pourrait déjeuner un autre jour. Je suis par là tout l'été. »

Il nota son numéro et l'appela dès qu'il arriva chez lui, cinq minutes plus tard. Ils prirent rendez-vous pour dîner le lendemain soir, et après ce début improbable, il vécut les meilleures années de sa vie.

Ils passèrent juillet et août ensemble. Les deux derniers habitants de New York, ou du moins c'est ainsi qu'ils le ressentirent. Ils se partagèrent la ville, se promenèrent dans le parc, dînèrent partout, virent chaque film à l'affiche, allèrent dans chaque musée, se rendirent aux concerts du Mostly Mozart Festival, assistèrent à chaque spectacle sur Broadway. Elle était parfaite pour Baum. Tyler Royce, née et élevée sur Park Avenue, écoles privées, Bard College, intelligente, rapide et spirituelle. « Le mariage, c'est la mort de l'espoir », c'était l'un de ses aphorismes, mais la fin de l'été arrivant ils parlaient déjà de devenir mari et femme. Elle avait songé devenir architecte mais à l'université elle avait finalement décidé d'être actrice. Lorsqu'elle avait compris qu'elle ne deviendrait jamais une grande actrice, elle s'était essayée à l'enseignement de l'art dramatique avant de s'intéresser à l'écriture et de vendre un scénario à la télévision. Son vrai génie résidait dans deux domaines. Elle était une muse. Chaque homme qu'elle fréquentait ou avec lequel elle sortait ou couchait lui était redevable de l'avoir inspiré et guidé dans sa carrière en critiquant son travail, en l'aidant à l'améliorer. Le peintre avait cessé d'être sous l'influence de De Kooning, le pianiste avait enfin joué avec une plus grande subtilité les *Variations Goldberg*. Baum, le romancier, se bonifia sous sa tutelle. Elle lut ses travaux en cours et lui dit ce qui fonctionnait et ne fonctionnait pas.

Elle l'enjoignit à placer la barre encore plus haut que là où son ambition déjà grande l'avait mise, à ignorer les sirènes du commercial et à ne pas lire les critiques, la vie était trop courte. Son approbation devint la chose la plus importante pour lui, à l'instar de l'acteur avec lequel elle avait vécu avant lui et du plasticien avec lequel elle était sortie pendant deux ans et du compositeur avec lequel elle avait parcouru l'Europe, qui tous s'étaient inspirés d'elle pour enrichir leur créativité. Elle encouragea Baum à s'éloigner du journalisme pour se consacrer à l'écriture romanesque. Elle le poussa hors de sa zone de confort, l'enjoignant à prendre des risques au lieu de se cantonner à ce qu'il savait faire et à ce qui le rassurait. L'échec n'était pas synonyme de mort. Là où elle s'illustrait par ailleurs, c'était au lit, et il y avait peu de doute dans l'esprit de Baum : chaque homme avec lequel elle avait fait l'amour ne l'oublierait jamais.

Il lui présenta ses proches et elle les charma tous, sauf son frère Josh, qui ne parvenait pas à dire ce qui le dérangeait chez elle. « Je ne sais pas, Asher, je n'arrive pas à mettre des mots dessus.

– Comment ça, tu ne sais pas ?

– Elle est intelligente, elle est belle, j'aime bien discuter avec elle, mais...

– Mais, mais... mais quoi ? Qu'est-ce que tu pressens chez elle ?

– Je me demande juste pourquoi vous devez vous marier aussi vite.

– Comment ça aussi vite ? On est ensemble depuis presque un an. Depuis quand un an c'est si vite ?

– Ouais, dit Josh d'un ton monocorde, mais Asher ne put obtenir de lui qu'une tiède approbation.

– Et elle aime beaucoup mon écriture. Elle m'empêche d'être trop content de moi. Elle me dit ce qu'il faut couper. C'est une éditrice-née.

– Mmm-mmm », fit Josh, ce qui énerva Baum au plus haut point car pour quelque obscure raison, son frère ne parvenait pas à voir d'un bon œil leur projet de mariage.

Après l'été, durant lequel Manhattan s'était transformé en une île de joie ayant vu éclore leurs amours, l'automne arriva, l'air devint frais et brumeux et, se défaisant de sa chaleur humide, New York se réveilla. Pour bon nombre d'individus, l'automne à New York était la période qui les aidait à tolérer l'ignominie de la ville le restant de l'année. Certes, le printemps avait son charme, mais pour les New-Yorkais purs et durs, c'était l'automne le clou du spectacle. Baum et Taylor achetèrent du bois pour faire du feu et firent l'amour sur le tapis épais devant la cheminée. Ils se lovèrent ensemble sur le canapé, ils fixèrent longuement l'âtre, hypnotisés par les flammes, par eux-mêmes et par la voix de Billie Holiday que diffusaient les enceintes Hitachi de Baum. Ils fréquentèrent principalement ses amis à elle, car son cercle à lui s'était restreint, sa misanthropie s'étant peu à peu imposée.

Il la présenta néanmoins à Amnon Weinstock, qui ne partagea pas le scepticisme spontané de son frère. Il rencontra ses parents, deux êtres riches et charmants qui habitaient désormais Paris, réalisant ainsi le rêve du père. Lorsqu'ils vinrent passer une semaine à New York ils allèrent tous ensemble dîner au restaurant et voir des spectacles. À son tour elle rencontra et charma ses parents à lui. Sur son lit de mort, sa mère affirma que Tyler était la fille la plus gentille, la plus belle et la plus intelligente de toutes celles avec lesquelles il était sorti. Durant l'hiver, ils adorèrent marcher dans Central Park recouvert de neige. C'était là quelque chose que Baum aurait d'ordinaire détesté, mais avec Tyler ce fut une joie. Elle vécut principalement chez lui mais conserva son appartement avant de finalement le lâcher. De temps à autre elle faisait la cuisine, mais comme elle ne savait préparer que des spaghettis, ils commandaient souvent à emporter. Des sushis la plupart du temps. Lorsque le printemps pointa son nez à New York, ils décidèrent de se marier en juin. Juste tous les deux à la mairie de la ville. Rien d'extraordinaire. Ils célébrèrent leur lune de miel à Chinatown autour d'une soupe de raviolis wonton au canard, et prirent un appartement plus spacieux dans le quartier qu'ils affectionnaient, l'Upper East Side – un quatre pièces à deux pas de la Cinquième Avenue dans une bâtisse en grès rouge de la 73e Rue – dans lequel ils s'installèrent, lui afin d'écrire, elle de travailler pour le compte d'un photographe.

Tout allait pour le mieux dans le meilleur des mondes, mais c'est alors que les choses déraillèrent. Elle rencontra quelqu'un dont elle tomba amoureuse malgré elle. Elle décida que le rythme frénétique de la vie à Manhattan n'était finalement pas pour elle, et elle partit en Nouvelle-Zélande vivre avec un musicien qui s'était pris de passion pour l'élevage de moutons. Ils vivraient dans sa ferme, c'était écrit, expliqua-t-elle. Il fallait qu'elle s'éloigne du brouhaha des rues de la ville, qu'elle connaissait depuis qu'elle était née. Elle en avait assez du glamour frénétique de Gotham City et se sentait prête à faire quelque chose de plus utile pour la société, comme élever des moutons. Leur mariage avait été charmant, affirma-t-elle, peut-être trop charmant, et elle s'était laissé bercer par une existence facile et complaisante qui l'empêchait de grandir. Baum était un être magnifique, poursuivit-elle, qui un jour marquerait à coup sûr la littérature, s'il continuait de s'y consacrer. Ce nouveau sentiment qui l'habitait relevait presque d'une révélation religieuse, expliqua-t-elle. Elle admit qu'elle avait toujours été du genre versatile, et elle rendait hommage à Baum pour lui avoir fait croire qu'elle serait heureuse en se mariant avec lui, ce qu'elle n'avait jamais ressenti avec aucun des hommes qu'elle avait connus auparavant. Elle prétendit s'être peut-être sentie coupable parce qu'elle savourait trop sa vie. C'était parce que Baum était tellement génial, un individu tellement fabuleux, qu'elle s'était unie à lui et avait fait son possible pour que leur mariage fonctionne. Elle pensait avoir tout sous contrôle.

Mais elle avait rencontré Ricky Lake, un batteur qui s'était fait un paquet de fric avant de quitter l'industrie de la musique et d'acheter une parcelle de terre en Nouvelle-Zélande. Il ne fallait pas que Baum se sente mal mais plutôt fier, car parmi tous les ardents prétendants désireux de l'épouser, elle l'avait choisi, lui. En attendant, elle partait pour la Nouvelle-Zélande soigner béliers et brebis.

C'est peu de dire que Baum dut s'y employer pour surmonter cette fâcheuse tournure des événements. L'année qui s'ensuivit, ce fut comme si un train de marchandises lui avait roulé dessus. Elle était partie pour un batteur de rock, le genre de musique qu'elle détestait, qu'elle qualifiait de bruit à vous perforer les tympans. Quant à la vie à la ferme ? Elle était aussi accro aux rues de la mégapole que Damon Runyon. Et maintenant elle allait élever des moutons ? Il alla raconter tout cela à ses rares amis, qui intervinrent et lui démontrèrent que le suicide ne résoudrait rien. Un psy lui expliqua qu'il existait désormais de nouveaux médicaments très efficaces et qu'ils pourraient peut-être trouver ensemble le bon « cocktail ». Du Prozac avec une olive dedans, dit-il avec sarcasme. C'était une dure leçon de vie et il ne savait pas au juste ce qu'il en avait tiré. Certes, « le cœur a ses raisons que la raison ignore », mais tout le monde le savait, et il n'avait nullement besoin qu'on lui serine ce genre de cliché. Il y avait aussi « souvent femme varie », mais les hommes tout autant, même pire : les hommes étaient souvent plus violents. Il en vint à la conclusion suivante : on ne pouvait pas tout expliquer. Il réfléchit pour voir s'il n'avait pas fait quelque chose qu'il n'aurait pas dû sans s'en rendre compte. Quelque chose qui avait rebuté Tyler. Mais elle ne s'était jamais plainte de rien. Le cliché selon lequel l'amour s'étiole ne semblait pas approprié non plus. « Et il ne s'étiole pas toujours », marmonna-t-il à un inconnu sur un banc dans un parc.

Ces pensées traversaient l'esprit de Baum tandis qu'il regardait Sam s'éloigner en compagnie de Thane pour faire le tour du propriétaire. Ce soir-là, les deux jeunes dînèrent avec Connie et Baum, Thane dirigeant la conversation. Tout le monde put entendre ses points de vue sur tel ou tel sujet, savourer le cheminement mystérieux l'ayant mené à l'écriture de son chef-d'œuvre et les sacrifices que cela lui avait coûtés, la manière dont le postulat brillant lui était venu et comment il avait façonné chaque personnage. Baum cessa très vite d'écouter. Ce qui continuait de le dérouter, c'était pourquoi une femme qui semblait aussi intelligente et vive que Sam ne percevait pas tout de suite qu'elle avait affaire à un pompeux petit narcissique qui ne faisait que pérorer. De toute évidence, Sam était futée, plus spirituelle, plus charmante et mille fois plus intéressante que son suffisant petit ami. Et pourtant elle était là, à son bras, lui dégageant une mèche du front tout en s'extasiant sur son livre qui se vendait comme des petits pains. Tyler aurait trouvé peu original le livre de Thane, elle l'aurait trouvé fabriqué. Vraiment ? Le succès était-il un aphrodisiaque si puissant que même elle eût été captivée ? Thane ne pouvait s'empêcher de tripoter Sam, et si elle le trouvait assommant, elle n'en montra rien. C'était plutôt le contraire. Le mystère de l'attirance.

En attendant, Baum jetait des coups d'œil furtifs à Sam, s'efforçant de ne pas avoir l'air excessivement fasciné. C'était agréable de s'attarder sur son visage, aussi beau que celui de Tyler, et elle semblait d'accord avec lui sur tant de points, mais le moment le plus marquant pour Baum fut lorsqu'ils s'accordèrent à dire lui et Sam que c'était au Joe's Shanghai dans Chinatown que l'on trouvait la meilleure soupe aux raviolis de New York. Cet avis partagé sur ce détail trivial emplit Baum d'un sentiment inexplicablement plaisant. Lorsqu'ils affirmèrent de concert que *La Cerisaie* actuellement à l'affiche en ville et encensée par la critique ne valait rien, Baum en profita pour s'attarder avec éloquence sur son dramaturge favori. Elle aussi ne jurait que par Tchékhov.

Quels que fussent les méandres que pouvait prendre la conversation, Connie la recentrait sur Thane, ses années de formation, son succès et son caractère exceptionnel à tous points de vue. La façon dont la corrida, les matelas suédois hors de prix et le Nizam du Hyderabad la ramenaient systématiquement à Thane et à ses projets pour l'avenir sidérait Baum. D'une manière ou d'une autre, Connie trouvait toujours un moyen. Par quelque miracle de l'univers, une pièce que Baum avait écrite et qui avait été montée off-Broadway, l'une des quelques entreprises dramatiques dans lesquelles il s'était aventuré vint sur le tapis, et il fut surpris d'apprendre que Sam l'avait vue, l'avait aimée et avait même été bouleversée par sa fin apocalyptique.

« Pour moi aussi c'était une bonne pièce, affirma Connie, mais le public l'a trouvée rebutante.

– C'est très dur quand les critiques ne suivent pas, intervint Thane. Ils déboulent et vous laminent, vous traitent d'idiot et comment on fait après ça ? Je me souviens de ce qu'a dit un de ces types à propos de ta pièce, Asher : "Ce n'est pas de l'écriture, c'est des pleurnicheries."

– Peu importe, j'ai trouvé ça courageux de votre part de l'écrire », décréta Sam et l'espace d'un instant Baum eut l'impression que c'était Tyler qui lui parlait autour d'un plat de spaghettis dont elle avait le secret.

Après dîner, Thane, Sam et Connie évoquèrent le reportage au sujet de Thane et la meilleure façon de présenter l'auteur afin qu'il vende encore plus de livres. Baum les pria de l'excuser et sortit sur la véranda prendre l'air. La nuit fraîche lui fit du bien après avoir dû écouter Thane parler de lui aussi longtemps. Baum détestait les dîners qui s'éternisaient. Il préférait s'asseoir, manger, discuter un peu et passer à autre chose. Nina le rendait fou jadis au petit-déjeuner : elle buvait une gorgée de jus d'orange puis posait le verre, parlait, s'emparait de sa fourchette, coupait un morceau de pain grillé, le portait à sa bouche, reposait sa fourchette, buvait du jus d'orange, reposait le verre, discutait. Baum aurait voulu siffler son propre jus d'orange, étanchant sa soif avec une satisfaction barbare, avaler son toast et son café et démarrer sa journée, mais Nina était là, sirotant et bavardant, picorant quelques bouchées, assise, alors que leur temps sur Terre s'écoulait inexorablement. Mystérieusement, sa sœur jumelle faisait la même chose, mais cela ne le dérangeait pas quand c'était Ann.

« Qu'est-ce que tu as foutu bordel pendant le dîner ? se demanda-t-il à lui-même.

– Quoi ? Qu'est-ce que j'ai fait ? Rien. J'ai mangé.

– Tu t'es intéressé de très près à la petite amie de Thane.

– Elle me rappelle Tyler.

– Je vois bien.

– Je peux te dire un truc ?

– Oui.

– Mais c'est top secret.

– À qui veux-tu que je le répète ?

– J'avais l'impression qu'elle en pinçait un peu pour moi.

– Qu'est-ce qui te fait dire ça ?

– Oh, voyez-vous ça… il se la joue sceptique maintenant.

– Ça ne serait pas pour te déplaire, mais cette époque est révolue, mon cher. Je ne crois pas qu'elle te chantera la sérénade.

– Tu n'es pas aussi sensible que je le suis, mais moi je perçois les petits détails. Tu n'as pas remarqué comment elle ramenait la conversation sur moi ? Mon livre lui a plu, elle a même vu une de mes pièces off-Broadway et elle l'a aimée. Et ce n'était pas une pièce facile à comprendre.

– Tu m'étonnes. Je dois dire que je n'ai aucune patience avec ces foutaises avant-gardistes que tu trouves tellement sophistiquées. Tu sais que je ne suis pas trop fan de Beckett.

– Ne pourrait-on pas éviter de parler de nos goûts divergents ? Là où je veux en venir, c'est que Sam et moi on a l'air d'être sur la même longueur d'onde.

– Pourquoi ? Parce qu'elle était d'accord avec toi sur le restaurant à New York qui sert la meilleure soupe de raviolis ? Je n'y verrais pas grand-chose de probant à ta place.

– Et on a tous les deux détesté la nouvelle mise en scène de *La Cerisaie*. Elle ne s'est pas laissé embobiner par les critiques dithyrambiques.

– Qu'est-ce que tu me racontes là ? J'espère que ce n'est pas ce à quoi je pense.

– Je ne te raconte rien. Ça fait du bien, c'est tout, d'être apprécié par une superbe jeune femme.

Surtout qu'elle me rappelle Tyler. C'est tout ce que je dis. Point final.

– OK, parce que c'est la petite amie de Thane.

– C'est une preuve supplémentaire des contradictions inhérentes de l'être. Elle aime Thane et elle peut quand même m'apprécier. Elle est capable d'envisager intellectuellement deux concepts opposés et de ne pas disjoncter pour autant.

– Ouais, bah à ta place j'irais me reposer pour savoir quoi dire à Connie quand elle apprendra que tu es accusé d'avoir agressé Cindy Tanaka, ou quel que soit le nom de celle qui t'a interviewé.

– Tout ce que je dis, c'est que si les circonstances étaient différentes, je tenterais ma chance avec Sam.

– C'est le problème avec les circonstances. Par définition elles ne sont pas différentes. C'est pour ça qu'on parle de circonstances. Tu vois ce que je veux dire ?

– Évidemment, jamais je ne...

– Tu parles. Et tu n'as jamais touché non plus cette Japonaise.

– Tyler aurait tout de suite percé à jour Thane, dès leur première rencontre, et elle l'aurait planté là en prétextant une migraine.

– Tu ne peux pas oublier Tyler ? Elle t'a complètement détruit.

– Oui. À la fin, admit-il tristement. Mais je n'en reviens toujours pas de voir à quel point Sam lui ressemble.

– N'oublie pas les lois de la physique. Quel que soit le plaisir qu'on tire d'une relation, la souffrance qu'on ressent quand on se fait plaquer est d'une intensité égale.

– Tu y crois, toi, que Thane a cité ce pauvre type qui m'a accusé de pleurnicher ?

– Bah, tu pleurniches, c'est vrai.

– Si Allen Ginsberg a le droit dans son poème "Howl" de pousser un long cri de rage, pourquoi n'aurais-je pas le droit de pleurnicher ? »

Cette nuit-là, Baum dormit d'un sommeil profond, paisible et peuplé de rêves délicieux, à l'exception de l'un d'entre eux où il se faisait crucifier tête en bas dans un ascenseur en panne. Le lendemain matin, son agent l'appela pour lui dire qu'il avait parlé avec Roadhouse, une petite maison d'édition, et qu'ils semblaient intéressés d'en savoir plus sur son roman à venir. Ils faisaient des livres décalés, controversés ; devrait-il organiser un rendez-vous avec eux afin qu'ils en sachent plus sur son livre ? Baum fut ravi de cette nouvelle et remercia Bell de son aide, d'autant qu'il savait qu'il n'était pas un auteur facile à vendre. Il accepta de rencontrer l'éditeur, Shivay Banerjee, le lendemain. D'une certaine manière, il aimait l'idée d'être publié par une maison qui n'avait rien contre les auteurs marginaux, voire les rebelles du monde littéraire.

Lorsque Baum raconta à Connie qu'il avait peut-être trouvé un nouvel éditeur, elle fut contente pour lui. Elle avait cru jadis qu'il connaîtrait un succès semblable à celui de Thane, et voilà qu'il jetait son dévolu sur une maison spécialisée dans les livres confidentiels. Elle était déçue, mais n'en laissa rien paraître. Aucun doute, elle avait parié sur le mauvais cheval. Elle se sentait coupable parfois d'éprouver du mépris pour son mari. Mépris était peut-être un mot trop fort. Mieux valait parler d'un manque d'estime. Elle s'en voulait d'avoir failli en matière de discernement artistique, et reprochait à Baum cet état de fait. Parfois, quand elle ruminait la situation trop longtemps, la colère contre Baum montait peu à peu en elle. Elle ne comprenait pas pourquoi il lui fallait à tout prix avoir des amants créatifs, et elle était rétive à toute forme de psychothérapie, qui n'était pour elle que charlatanisme. Elle perdait souvent patience avec Baum, déçue qu'il ne puisse reconnaître le génie de Thane, et elle mettait cette incapacité sur le compte de l'envie, de la jalousie et de l'esprit de compétition.

À midi, le réalisateur Jerry Mack débarqua pour peaufiner les détails du sujet à la gloire de Thane et faire le tour des lieux. Il vint accompagné d'un cameraman qui n'avait de cesse de prendre des photos. Thane et Sam n'étaient pas encore rentrés d'une foire à New Milford et Connie accueillit les deux hommes avec enthousiasme. Elle se montra on ne peut plus avenante et charmante, abondant dans le sens de Jerry Mack lorsque ce dernier affirma qu'il était passionnant de faire un reportage sur un jeune écrivain en plein essor. Mack poursuivit en évoquant l'admiration qu'il avait pour le travail de son fils, et à quel point il était impressionnant pour un auteur aussi jeune que Thane de faire preuve dans son premier roman d'une telle maturité. Ravie au plus haut point, elle se répandit en remerciements, mais il répliqua : « Je répète ce que j'ai lu, c'est tout. » Debout sur la pelouse, Mack balaya du regard la somptueuse beauté pastorale.

« Cet endroit est à couper le souffle, déclara-t-il. J'ai grandi à la campagne, mais chez moi, ça n'avait rien à voir.

– Et quand il neige, c'est encore plus beau, dit-elle.

– C'est vous qui avez mis l'étang là, ou il y est depuis toujours ?

– Il est là depuis toujours. Il était peuplé de grenouilles avant. Elles mangeaient les moustiques. Puis j'y ai fait mettre des perches pour que Thane puisse pêcher et elles ont mangé les grenouilles, si bien que les moustiques sont revenus. »

Elle eut un petit rire nerveux.

« Je reconnais les lieux à la description qu'en a faite votre fils dans son livre. Il les dépeint magnifiquement, et le symbolisme est parfait.

– Oui, ses réflexions sur le fait de vivre un peu à l'écart sont très émouvantes, n'est-ce pas ?

– Son intrigue, ses personnages m'ont scotché. Et comme je vous l'ai dit, j'ai grandi à la campagne, dans le Vermont, mes meilleurs souvenirs sont presque tous liés à la ferme. On l'appelait la ferme, mais ce n'était pas vraiment une ferme, même si on avait des chevaux et des faisans. Oh, quelques poules aussi. Et des œufs frais. »

Manifestement ils s'entendaient à merveille, et tout en évoquant les joies que leur procuraient pins et marmottes, ils firent le tour des lieux, Connie montrant à Jerry Mack la moindre butte, la moindre ravine, sans oublier son arbre préféré, un magnifique épicéa.

« Il y a tant de choses splendides à photographier, s'extasia-t-il, mon cameraman a de quoi faire s'il ne veut rien rater. »

Pendant ce temps, assis à son bureau, Baum s'efforça de trouver les mots justes pour tourner comme il le voulait une phrase de son roman sur l'Inquisition espagnole. Il ne s'arrêta que pour vérifier en ligne si quoi que ce soit était sorti sur son incroyable bévue avec la jolie journaliste asiatique. Il n'avait jamais voulu faire ce qu'elle croyait, mais d'un autre côté il était difficile de mal interpréter les intentions d'un homme qui se jette sur vous pour vous embrasser. J'étais en roue libre ou quoi ? s'interrogea-t-il. Il n'était plus sûr de rien sinon qu'il était la seule personne à laquelle il pouvait parler. Et parfois, même lui n'arrivait pas à se comprendre.

Le cours de ses pensées dériva vers Sam. Il ne l'avait plus vue depuis le dîner, sinon dans ses rêves, et même dans ses rêves il n'avait pas toujours réussi à la distinguer de Tyler Royce, anciennement Mme Tyler Baum. Il s'était réveillé de bonne heure, avant Sam et Thane. Il avait pris son petit déjeuner en compagnie de Connie, qui n'avait pas arrêté de dire à quel point elle était excitée que Jerry Mack, le réalisateur, fût aussi enthousiaste qu'elle à l'idée du passionnant reportage sur Thane. Et maintenant, il donnerait suite. Ils l'avaient brièvement rencontré un jour que Baum et Connie déjeunaient avec Thane au Café Boulud sur Park Avenue. Jerry Mack, qui lui aussi déjeunait là, était passé en sortant près de leur table. Il s'était arrêté, présenté et leur avait fait part d'un CV impressionnant avant d'affirmer qu'il aimerait beaucoup faire quelque chose sur Thane, qui pour lui était le jeune auteur le plus prometteur d'Amérique.

« Pour moi ce livre est tout simplement un chef-d'œuvre, affirma-t-il. Le premier d'une longue série, j'en suis convaincu. »

Comme le veut l'expression consacrée, Connie était aux anges, tandis qu'assis en silence Baum se demandait si c'était sa salade de tomates à l'oignon ou l'obséquieux intrus qui lui provoquait ses reflux gastriques.

« Avec Thane, nous vous avions remarqué de l'autre côté de la salle, avait dit Connie. Nous pensions que vous étiez David Beckham.

– Je suis très flatté », avait réagi Jerry Mack.

Rendez-vous fut pris pour que Mack vienne les voir à la campagne afin de discuter du projet. Thane dit : « C'est curieux de penser qu'on va devenir le sujet d'un reportage. Au même titre que le débarquement en Normandie. »

Connie et Mack éclatèrent de rire. Baum s'émerveilla de constater que dès qu'on connaissait le succès, la moindre banalité que l'on prononçait passait pour hautement spirituelle.

Lorsque l'agente de Thane, Lydia Frankel, eut vent de cette rencontre, elle conseilla à Thane et Connie de sauter sur l'occasion. « C'est un grand producteur de documentaires, très intelligent, et il a du goût. Ce genre de reportage peut donner un vrai élan à une carrière. Dites-moi si je peux vous être utile. »

Ainsi Baum était là, recroquevillé sur ses blocs-notes jaunes, griffonnant des notes au hasard dans l'espoir de surmonter le syndrome de la page blanche dont il souffrait dans l'écriture de ce roman, ou de l'abandonner pour travailler à autre chose. On pouvait lire par exemple : « J'ai cinquante et un ans et pourtant j'apprends tous les jours quelque chose de nouveau. Sauf que ce que j'apprends, c'est que ce que j'ai appris la veille était faux. »

Son esprit ne cessait de revenir à Sam, et avec Sam, à Tyler, et il se posa une question banale et simpliste : était-ce possible de ne connaître qu'un seul véritable amour dans sa vie, ou cela ne relevait-il que d'Hollywood ? Tyler l'avait quitté depuis de nombreuses années, mais elle semblait encore exister tel un classique du cinéma, diffusé et rediffusé sur l'écran de son esprit. Il s'amusa à envisager Sam comme la suite de ce film. Par la fenêtre, il jeta un coup d'œil à la pelouse et repéra Connie et Jerry Mack. Il avait remarqué au petit-déjeuner que Connie s'était habillée de manière plutôt sexy. C'était une très jolie femme, qui avait l'air jeune, qui était élégante et très attirante. Puis un doute lui traversa l'esprit – et peut-être que celui-ci lui vint parce qu'il s'était senti tellement coupable par rapport à ses propres pensées au sujet de la petite amie de Thane. Se tramait-il quelque chose entre Connie et Mack ? Connie était peut-être en train de flirter avec ce réalisateur aussi. Peut-être qu'elle lui faisait du charme pour être sûre que ce reportage sur Thane se fasse bel et bien. Ou le séduisant réalisateur lui faisait-il tourner la tête ? Et parce que Sam avait déclenché en lui des idées troublantes, il commença à se dire que ce même genre d'étincelle crépitait peut-être dans l'esprit de Connie. Et que se passait-il donc dans la tête de Jerry Mack ? Connie était une femme hautement désirable et il était évident que Mack l'avait remarqué. Comment eût-il pu en être autrement ? Connie lui sortait le grand jeu.

« Tu projettes, dit-il à voix haute. Ton esprit s'égare.

– Tu dois avoir raison. Mais elle a eu l'air émoustillée par ce type dès qu'il s'est arrêté à notre table ce jour-là.

– Intéressant. Ta paranoïa empire au fil des ans.

– Je suis sûr que Connie m'a déjà trompé. Josh, Damian, et Dieu sait qui d'autre.
– Mais tu ne peux pas en être sûr à cent pour cent.
– Non, effectivement. Comment peut-on vivre sans jamais être sûr de quoi que ce soit ?
– Hé, regarde-les. Ça me semble un peu trop intime, là, non ? À ta place, je sortirais pour en avoir le cœur net. »
Baum se leva et se dirigea vers la porte d'entrée pour les accueillir alors qu'ils s'approchaient de la maison.
« Tu te souviens de Jerry Mack ? Vous vous êtes rencontrés.
– Bien sûr. Au restaurant », approuva Baum en lui serrant la main.
Une poignée de main de macho, comme on pouvait s'y attendre, remarqua Baum. À un moment de sa trajectoire, ce gars avait appris qu'une poignée qui vous broie les os est une manière de faire savoir qui est le mâle dominant. Baum le détesta en s'empressant de libérer de son étreinte sa paume meurtrie.
« C'est une belle baraque que vous avez, dites-moi ! » s'exclama Mack.
Une belle baraque, pensa Baum, quel jargon de péquenaud. Baraque, non mais, pourquoi pas une cabane non plus. « Oui, acquiesça Baum. Et vous la découvrez à une période de l'année plutôt belle.
– J'ai invité Jerry à déjeuner avec nous, annonça Connie.

– Oh, super, super», s'extasia Baum, affable, jouant son rôle à merveille tel un acteur visant l'Oscar.

Scène suivante, songea-t-il, je dormirai sur le canapé et c'est lui qui sera à ma place dans le lit avec elle.

« Et si tu lui montrais les tortues ? suggéra Connie. Jerry a dit qu'il adorait les tortues. Je vais aller nous préparer des verres. Qu'est-ce que vous prendrez, Jerry ?

– Auriez-vous par hasard un scotch single malt ? demanda Mack.

– Glenlivet, ça vous irait ? proposa Connie.

– Une femme selon mon cœur, répondit Mack. Vous tapez dans le mille.

– C'est mon préféré aussi, roucoula-t-elle. Et toi, Asher ?

– Juste un petit verre de blanc.

– Le vin blanc, c'est pour les adolescentes », lança Mack sans penser à mal, mais Baum n'apprécia guère la remarque.

Les tortues. Quelle blague. Ce *schmuck* aime les tortues. Et maintenant il va falloir que je l'accompagne jusqu'au ruisseau pour voir si je peux lui dégotter une ou deux de ces créatures apathiques rampant sur les rochers qui mènent à bien quelque projet insipide de Dame nature.

Alors que Connie s'éloignait pour rentrer dans la maison, Baum remarqua que Mack fixait ce qui ne pouvait qu'être son postérieur. Elle incarnait l'idéal platonique de la femme callipyge, ou comme il l'avait formulé naguère plus crûment, son cul ne passait pas inaperçu. Baum ne put qu'imaginer quelles images pornographiques traversèrent le cortex de Jerry Mack alors qu'il la suivait du regard, et les tortues n'y figuraient pas.

« Vous avez une femme très belle, remarqua Mack. Et un fils incroyable.

– Beau-fils, rectifia Baum. Oui, j'ai beaucoup de chance.

– J'aimerais beaucoup vous filmer en train de parler de Thane. Que vous me racontiez tout ce que vous avez vécu avec lui, comment c'était de le voir grandir en tant qu'artiste et dans quelle mesure vous l'avez influencé, ce qui est le cas, j'en suis sûr.

– Mmm-mmm.

– Vous êtes écrivain vous-même. Je n'ai pas lu vos livres, mais je crois que votre femme m'a dit en passant que vous avez eu beaucoup de succès en Slovénie avec l'une de vos pièces.

– J'ai eu du succès à l'étranger, oui.

– Parfois ce qui tombe à plat dans notre langue d'origine s'anime dans une autre langue.

– Oui, mon style gagne quelque chose en traduction.

– C'est intéressant. Vous vous sentez en compétition parfois ?

– Avec Thane ? Ou Tolstoï ?

– Très drôle. Non, je sais que vous l'aimez, mais vous êtes tous deux romanciers et les écrivains ont plutôt tendance à se jalouser.

– Bah, je ne me sens pas en compétition avec Thane. »

C'est alors que la sonnerie du téléphone portable de Mack retentit. « Pardonnez-moi, je dois prendre cet appel. » Il décrocha avant de s'éloigner pour parler au calme. Baum l'observa en train de déblatérer dans son appareil, près d'un rosier, et se demanda quel effet cela ferait de le frapper avec un instrument contondant.

« On se calme, se dit-il à lui-même.

– Désolé, mais il y a quelque chose chez ce type qui ne me revient pas.

– Tu t'es fabriqué toute une histoire selon laquelle Connie en pince pour lui, comme ton frère ou le décorateur qui habite à côté.

– Je ne peux pas m'en empêcher. Tu crois que Connie et moi on arrivera à recoller les morceaux ? À recommencer sur de bonnes bases ?

– Tu veux mon avis sincère ?

– Je suis partagé. Je suis traversé de sentiments contradictoires. Rien n'est cohérent.

– “Une cohérence stupide est le farfadet des esprits pusillanimes.” Ralph Waldo Emerson.

– J'ai besoin de cohérence. Je n'y arrive pas si tout bouge sans cesse.

– C'est la vie. Le centre n'est jamais fixe.

– C'est vrai, oui. Je n'arrête pas d'oublier que nous sommes une sphère, un ballon flottant dans l'espace. Qu'est-ce que je peux attendre de ça, franchement ? Tu vois ce que je veux dire ? Est-ce que je peux croire à la stabilité ? C'est une chimère. Je suis une blague.

– Tu es très agité aujourd'hui. Oh, chut... le revoilà. »

Jerry Mack s'approchait.

« Désolé, c'était une urgence. Un truc que je suis en train de monter sur Yayoi Kusama. Encore un génie. Hé, vous parliez tout seul là, non ?

– Moi ?

– Pendant que j'étais au téléphone je vous ai regardé une ou deux fois et vous aviez l'air d'être en pleine conversation.

– Non, non, fit Baum, gêné. Je devais chasser une abeille, c'est tout. Je déteste les abeilles. On meurt plus souvent d'une piqûre d'abeille que d'une morsure de serpent. C'est une chose que peu de gens savent. »

Jerry Mack le dévisagea avant de se reprendre et de déclarer : « Je suis désolé, mon coup de fil a duré longtemps. »

Connie apporta un scotch pour Jerry Mack et un verre de vin blanc pour son mari.

« Si je bois un verre avant de déjeuner, je deviens inarrêtable, s'exclama-t-elle tout sourires.

– J'aimerais bien voir ça », blagua Mack.

Ce petit échange ne fut guère du goût de Baum et l'image de l'instrument contondant lui vint de nouveau à l'esprit tandis que Connie dans son jean moulant regagnait la maison.

« C'est tout ce que vous buvez ? demanda Mack à Baum.

– Je suis pire que Connie. Les alcools forts me montent directement à la tête. Un peu de vin, ça me détend parfois. Mais quelque chose de plus fort, non, rarement. »

Jerry Mack demanda à voir les tortues. Baum ouvrit la marche pour aller admirer les dégoûtants petits reptiles, passionnante expérience dont il se serait volontiers passé. Tandis que Connie préparait des sandwichs au poulet, les hommes déambulèrent en sirotant leurs verres. Enfin, Baum sirota et Jerry Mack vida le sien d'un trait. Postés à attendre qu'une créature daignât émerger de l'eau, ils discutèrent et à chaque gorgée la langue de Baum se délia.

« Qu'est-ce que vous écrivez comme livres ? s'enquit Mack. Je m'en veux tellement de ne rien avoir lu de vous.

– Ça n'a rien à voir avec ce que fait Thane. Je ne suis pas un génie.

– Oui, Thane me rappelle certains des grands maîtres de la littérature. Edith Wharton, par exemple. Voilà un écrivain. Wharton, Henry James. Non seulement ils étaient profonds, mais ils étaient sympas à lire aussi.

– J'aime beaucoup les Russes, et Kafka naturellement. Vous parlez de profondeur. Je veux dire, les gens qualifient de profond le livre de Thane, quand en fait, c'est divertissant.

– Oh, il est profond, si. Et pas seulement parce qu'il fait preuve de maturité pour son âge. C'est son style aussi. Certaines de ses phrases sont délicieuses. Et j'emploie ce mot à dessein. On pourrait les servir en hors-d'œuvre.

– Vous voulez dire comme des boulettes de viande suédoises ?

– Euh...

– Ou des œufs mimosa ? Des friands à la saucisse ? À quel genre de hors-d'œuvre pensez-vous ?

– Je me trompe, ou vous êtes un peu envieux ? interrogea Mack. C'est de ça que je parlais quand je disais que les écrivains étaient dans la compétition.

– Enfin, quand vous dites hors-d'œuvre, vous pensez aux palourdes farcies ? »

Contre toute attente, Mack, qui avait vidé d'un trait son Glenlivet, ne semblait pas ivre le moins du monde. Il était au taquet, sûr de lui, intense. Son goût était mis en cause, mais il se rangeait à l'avis de la majorité. D'un autre côté, Baum, qui n'avait bu que les trois quarts de son vin blanc, se sentait déjà un peu pompette. Il s'était débarrassé d'un certain nombre de ses inhibitions, et un sourire légèrement crétin s'esquissait sur ses lèvres.

« Je ne dis pas que chaque roman doit être à la hauteur des *Frères Karamazov*, dit-il, ou du *Procès*, et je ne dis pas non plus que les œuvres triviales n'ont pas leur place.

– Vous pensez que son roman est trivial ? s'étonna Mack. Vous me surprenez.

– Ce n'est peut-être pas le bon mot, proclama Baum, finissant son verre. Que diriez-vous de banal ?

– Banal ? Je ne dirais pas que c'est banal. Tous les critiques ont souligné l'ingéniosité de l'intrigue, la manière dont elle fait écho au monde dans lequel on vit. Il y a du suspense, une histoire d'amour.

– OK, c'est peut-être servile, le mot que je cherche.

– Je n'arrive pas à croire que vous disiez ça à propos du livre de votre fils.

– De mon beau-fils.

– Son roman a été qualifié de visionnaire.

– Je sais à quel papier vous faites référence. Le critique qui l'a écrit est un imbécile fini.

– Je suis sous le choc.

– Vous savez, bien sûr, que la plupart des critiques sont des écrivains ratés. Ils sont soit jaloux soit dans la compétition. Il n'y a que dans la littérature que les critiques utilisent le même moyen d'expression que les écrivains eux-mêmes. Réfléchissez-y.

– Vous êtes un peu ivre, non ? »

L'effet du vin avait désormais pleinement libéré l'amertume de Baum.

« Je peux être franc avec vous ? Je trouve ce livre abject.

– On ferait mieux de rentrer, suggéra Jerry Mack. Votre femme nous fait signe. »

Ils reprirent le chemin de la maison, marcher aidant Baum à reprendre un tant soit peu ses esprits.

« Le déjeuner est servi, annonça Connie, et voici Thane et Sam qui arrivent. Juste à temps. »

Chacun se serra la main avec enthousiasme. Sam et Thane montèrent à l'étage se rafraîchir avant le déjeuner.

« Il est tellement beau. Il aurait pu être acteur s'il n'avait pas été écrivain, remarqua Jerry Mack.

– Je préfère de loin le monde des lettres à celui d'Hollywood, rétorqua Connie. Je connais l'industrie du cinéma, et je ne la porte guère dans mon cœur. Je suis si heureuse que Thane ait un don pour la littérature.

– Ben, vous feriez mieux d'en parler avec votre mari. C'est le critique de Thane le plus sévère, dit Jerry Mack avec bonhomie.

– Ah bon, s'étonna Connie.

– Aucun écrivain, aussi talentueux soit-il, n'est au-dessus des critiques, décréta Baum, pressentant les ennuis.

– Tu as dit du mal du livre de Thane ? l'interrogea Connie.

– Disons simplement que si votre mari faisait partie du jury du National Book Award, le livre ne figurerait pas dans la dernière sélection. Ni dans la première, d'ailleurs.

– Asher a un point de vue très particulier sur la scène littéraire américaine », déclara Connie.

Elle s'exprima comme aurait pu le faire Martha au sujet de George, dans *Qui a peur de Virginia Woolf ?* Elle fixait Baum de ses deux grands yeux magnifiques, transformés désormais en deux rayons laser déterminés à le désintégrer.

Sam et Thane sauvèrent la mise à Baum en les rejoignant pile à ce moment-là, et chacun s'assit devant son sandwich au poulet. Ils mangèrent tout en échangeant des banalités, et la rage de Connie finit par se dissiper. Les explications de Jerry Mack quant au portrait passionnant qu'il envisageait de faire pour canoniser Thane l'aidèrent à se calmer, d'autant qu'il précisa avoir l'intention de demander à la chaîne plus de temps d'antenne que d'ordinaire. Mack dit à Baum qu'avant de filmer son entretien, ils évoqueraient en amont leurs différents points de vue. Chacun y alla de ses éloges sur la réputation de Jerry Mack et ses différents documentaires. Tandis que Connie, Thane et Mack échangeaient leurs idées sur le projet, Sam confia à Baum qu'elle avait trouvé la foire pittoresque mais pas très intéressante. Il dit en passant qu'il devait se rendre à Manhattan le lendemain matin pour régler quelques affaires, et elle s'exclama : « Je pourrais en profiter pour venir avec vous ? J'ai une réunion à laquelle il faut que j'assiste.

– Bien sûr. À quelle heure ?

– Ma réunion est prévue à 11 heures, dit-elle.

– Parfait. »

C'était en réalité loin d'être parfait, mais l'idée de passer du temps avec Sam le réjouissait tellement qu'il changerait son programme avec joie. Après un long déjeuner, Jerry Mack remercia tout le monde et s'engouffra dans sa BMW, sans oublier auparavant de prendre le numéro de portable de Connie au cas où il aurait besoin de la joindre au sujet du tournage. Sam avait des coups de fil professionnels à passer et Thane fit un peu d'exercice sur le tapis de course. Connie demanda à Baum ce qu'il pensait de Jerry Mack.

« Un journaleux sympathique, jugea Baum. Ses documentaires primés sont tous des lettres d'amour. Rien de percutant, aucune enquête.

– Les gens auxquels il s'intéresse méritent tous des lettres d'amour. Ce sont des stars dans leur domaine, dit Connie. Je sais que tu n'es pas d'accord parce que tu places la barre tellement haut, ajouta-t-elle avec un sarcasme plus que dénigrant.

– Ne revenons pas sur le sujet. Il admire Thane et son écriture et je suis d'accord qu'un film à son sujet à la télévision aidera à vendre beaucoup de livres. Néanmoins, tu m'as demandé ce que je pensais de ce type, et à mon avis, il est plaisant mais écervelé.

– Je ne crois pas que ça marche très fort dans son mariage, observa Connie.

– Ah bon ? Comment tu le sais ? s'enquit Baum, soudain hautement suspicieux.

– À cause des choses qu'il a dites. Comment pourrais-je le savoir sinon ?

– Mon Dieu, tu viens à peine de le rencontrer et il s'est déjà ouvert à toi au sujet de son mariage qui bat de l'aile ?

– Il ne s'est pas ouvert à moi. Nous avons abordé le sujet du mariage, et j'ai relevé deux ou trois choses qu'il a dites. Et je ne trouve pas qu'il soit bête. Au contraire, il est brillant. Il a fait Harvard.

– Comme toi.

– Oui. Il a étudié les sciences politiques avant de bifurquer vers la réalisation. »

Soudain, tout devint clair aux yeux de Baum. Mack était soi-disant venu en repérage pour un tournage mais, en réalité, il avait réussi à manipuler la conversation, mettre le sujet du mariage sur la table afin de faire comprendre à Connie qu'il serait éventuellement disponible.

« Vous ne vous connaissiez pas à Harvard, j'imagine ?

– Non. Dommage, parce qu'on a beaucoup de jolis souvenirs de cette époque. En plus, on a eu les mêmes profs parfois.

– En tout cas, tu ne laisses pas indifférent. Ni Thane, bien sûr. »

Et maintenant elle pleurait.

« Quoi ? Qu'est-ce qui ne va pas ?

– Je ne sais pas. Je me sens juste un peu triste aujourd'hui.

– Tu m'en veux toujours d'avoir critiqué le livre de Thane ?

– Non. Tout ne tourne pas toujours autour de toi, Asher.

– Ce n'est pas ce que je voulais dire.

– J'ai bu du vin pendant le déjeuner. Et oui, j'étais furieuse contre toi.

– Je m'excuse.

– Et Jerry Mack m'a ramenée à mon passé à Harvard. J'étais heureuse là-bas.

– Je n'en doute pas.

– La vie s'ouvrait devant moi, souffla-t-elle avant de s'affaler dans un fauteuil. Tout me semblait tellement prometteur. »

Baum resta à la regarder sangloter. Là, en silence, pendant quelques secondes, puis il se mit à pleurer lui aussi, à chaudes larmes, tout en cherchant maladroitement dans sa poche un kleenex. Il finit par en sortir une grosse poignée et s'énerva contre un univers dans lequel on vous promettait, lorsque vous preniez un kleenex dans une boîte, d'en obtenir un et un seul ; or, lorsque la boîte n'était plus qu'à moitié pleine, les kleenex cessaient de se présenter à vous individuellement, et il fallait plonger la main dans la boîte, et dans la mesure où c'était trop dur d'en extraire seulement un, on en retirait inévitablement de gros paquets. C'était une trahison, et cet état de fait le révolta avec autant de véhémence que la condition humaine elle-même.

« Mais pourquoi tu pleures ? s'exclama Connie.
– Je ne sais pas, répondit Baum.
– Comment ça, tu ne sais pas ?
– Je ne sais pas pourquoi je pleure, OK ? Je pleure, mais j'en ignore la raison.
– Bah, arrête, bon sang. Pleurer comme un veau, comme ça, ce n'est pas très masculin. »

Connie se leva et laissa son mari seul essuyer ses larmes et se ressaisir peu à peu.

« Franchement, qu'est-ce qui te bouleverse comme ça ? s'entendit-il dire à haute voix.
– Je ne sais pas. Ne commence pas à m'énerver, toi aussi. Je ne suis pas d'humeur.
– Tu ne sais pas pourquoi tu pleures ?
– Non.
– Eh bien, détends-toi.
– Ça va.
– Est-ce que je peux te dire pourquoi tu pleurais ?
– Tu le sais ?
– Tu pleurais parce que rien ne fonctionne. L'univers, la boîte de kleenex, ta vie, ton travail, ton mariage. Et je crois que tu stresses en attendant que cette jeune femme japonaise lâche sa bombe, et ça te tracasse probablement plus que tu ne veux bien l'admettre. Tout fiche le camp.
– Je t'ai dit que Connie allait acheter un chien ? Un doberman. Comme celui qu'avait Himmler. »

Baum ne put écrire ce jour-là, et le soir venu, lorsqu'il se hissa dans le lit près de Connie, il se sentit las.

Il avait encore des sentiments pour sa femme, mais il ne pouvait plus dire exactement desquels il s'agissait.

Il se sentait partagé, il ne pouvait le formuler mieux que cela. Il avait beaucoup de choses en tête et il s'efforça de voir clair dans son trouble, mais il finit par sombrer dans le sommeil. Le lendemain matin, il se réveilla la tête dans le coton. Tel un zombie il prit son petit-déjeuner, et le café l'aida à relancer sa machine.

« Tu planes ce matin, non ? remarqua Connie.

– Je me suis réveillé avec une petite gueule de bois, je crois, mais ça va.

– J'ai parlé à Jerry Mack hier soir, et il croit sincèrement que Thane a toutes ses chances pour le National Book Award.

– Mmm-mmm.

– Mon Dieu, est-ce si difficile à entendre ?

– Je lui souhaite de gagner.

– Jerry m'a raconté comment tu as essayé de le torpiller. Il n'en revenait pas. »

Elle lui donne du Jerry déjà, songea-t-il.

« Franchement, il n'arrivait pas à croire qu'un père puisse parler comme ça d'un fils.

– D'un beau-fils.

– Crois-moi, je sais que Thane ne tient pas ses gènes de toi.

– Il est tôt, et on démarre déjà sur les chapeaux de roue, remarqua Baum dans l'espoir de calmer le jeu.

– Eh bien, ça m'est resté dans la tête toute la nuit et j'ai fait des rêves horribles.

– Je suis surpris que tu ne m'aies pas réveillé pour qu'on s'explique.

– Ce n'est pas l'envie qui m'en a manqué.

– Tu devrais modérer tes humeurs.

– Oui, j'ai mes humeurs et je dis des choses que je regrette ensuite. Et tu sais très bien sur quel bouton appuyer.

– J'avais bu du vin sans avoir mangé quand j'ai critiqué le livre de Thane. Ne t'inquiète pas. Je ne dirai que des choses positives pour l'entretien. J'ai eu du mal à dormir moi aussi. On peut mettre tout ça derrière nous ?

– Bonjour, claironna Sam qui pénétrait dans la pièce, pleine d'élan. Je sais que vous vouliez partir tôt. J'ai le temps de boire un café ?

– Bien sûr », répondit Baum, songeant comme on pouvait s'y attendre combien elle était jolie, son pull et sa jupe mettant parfaitement en valeur sa silhouette.

Connie servit du jus de fruits, du café et un muffin au maïs à Sam.

« Tu as bien dormi ? s'enquit-elle, s'adressant à la jeune femme.

– Très bien. L'air de la campagne. Thane est encore dans les bras de Morphée.

– Il a besoin d'au moins huit heures de sommeil, déclara Connie. Et neuf, c'est mieux. Il réfléchit à son nouveau roman.

– Il est tellement mignon allongé endormi comme ça, fit Sam.

– Je sais, approuva Connie. On dirait Alain Delon jeune. »

Baum grimaça intérieurement sans bouger son corps ni le moindre muscle de son visage, ce qu'il avait appris à faire au fil des ans, et il attendit que Sam terminât son café. Tous ces petits-déjeuners avec Tyler, son porridge au miel, son café fraîchement moulu. On eût dit un homme en pleine réflexion, un homme qui portait un secret. Lorsque Sam eut fini, il se leva, quitta la cuisine et avança la voiture dans l'allée. Sam ne tarda pas à le rejoindre. Il démarra sans omettre de remarquer qu'elle était encore plus belle avec ses lunettes de soleil. Plus tôt, il avait attaqué la journée en mode mineur avec Connie, et maintenant, roulant à travers la campagne avec Sam à ses côtés, sa musique intérieure était beaucoup plus enjouée. Ils bavardèrent. Oui, les feuilles en avaient fini avec l'été, désormais elles s'enflammaient somptueusement de rouges et de jaunes. La guerre au Moyen-Orient était une véritable tragédie, moi aussi « L'empereur de la crème glacée » était l'un de mes poèmes favoris, as-tu déjà vu *Partie de campagne*, de Jean Renoir ? Fabuleux.

« J'aime bien rouler en voiture avec vous, dit-elle. Vous conduisez avec assurance. Thane est toujours tellement nerveux. Il est toujours sous tension. Vous l'avez déjà remarqué ? »

C'était la première fois de sa vie que quiconque lui faisait un compliment sur sa manière de conduire.

Tyler avait l'habitude de le taquiner parce qu'il se perdait tout le temps. Les paroles de Sam le poussèrent à se sentir d'autant plus confiant, et il appuya sur l'accélérateur mais ne tarda pas à se faire arrêter pour excès de vitesse. Il s'en sortit avec un avertissement de la part d'un agent de police du Connecticut clément. Ils rirent tous deux de cette aventure, après quoi il roula avec plus de retenue.

« Je suis contente que vous m'emmeniez. C'est tellement assommant d'y aller seul, et Thane est occupé à écrire. On lui a donné une avance tellement conséquente. Enfin, la maison d'édition je veux dire.

– J'ai rendez-vous avec un éditeur, fit Baum. Je ne prends jamais d'avance. C'est trop de pression après.

– Quelle maison ?

– Tu connais Roadhouse ?

– Oui. Ils sont bien. Plutôt du genre rebelle. C'est Shivay Banerjee que vous voyez ?

– Oui. Banerjee. Il a dit à mon ex-agent qu'il voulait me parler de mon prochain livre.

– Vous ne devriez pas perdre votre temps avec Roadhouse. C'est trop petit comme maison. Et Shivay est un peu perché. Enfin, vous verrez. En tout cas, il ne vous proposera pas d'avance, et il ne fera pas grand-chose pour promouvoir votre livre. Mais vous avez dit que vous ne vouliez pas d'avance. Ce n'est pas bête, à mon avis. Vous devriez parler avec mon patron, Henry Cobb. Vous l'adoreriez. C'est l'éditeur de Thane.

– Je sais, mais je ne le connais pas.

– Ça m'étonne que Thane ne vous ait jamais présenté Henry. Je crois qu'il aimerait bien ce que vous écrivez. Il vous a peut-être déjà lu, d'ailleurs, ou il a parlé de vous à Thane.

– Pas que je sache.

– Thane a dû oublier de vous le dire. »

Bien sûr, songea Baum. Bien sûr, il a oublié. Thane ne le recommanderait jamais à son éditeur. Thane méprisait ce qu'il écrivait, et plus encore, il le méprisait parce qu'il dormait dans le même lit que sa mère.

« Peut-être parce qu'il sait que vous avez un éditeur, ajouta Sam. Henry est l'être le plus honnête et sincère que je connaisse. Vous n'avez qu'à vous renseigner sur sa réputation. Tout le monde vous le dira.

– Je sais qu'il est respecté, très respecté.

– C'est une crème, un homme charmant, un peu soupe au lait mais quand il se met en rogne c'est toujours pour les bonnes raisons. Vous l'adoreriez. Je suis étonnée que Thane n'ait pas fait en sorte que vous vous rencontriez. Henry respecte les goûts de Thane.

– Je me suis brouillé avec mon éditeur, donc j'ai quitté la maison. Enfin, ils m'ont demandé de partir, je devrais dire.

– Eh bien, il faut que vous rencontriez Henry. Je me souviens qu'il a parlé une fois en bien à Thane de votre livre.

– J'aimerais beaucoup le rencontrer, dit Baum, sentant soudain poindre en lui une lueur d'espoir.

– Invite-la à déjeuner.

– J'allais le faire. »

C'était Baum qui parlait à Baum.

« Comment ? fit Sam. Vous avez dit quelque chose ?

– Moi ?

– Oui, à l'instant.

– Je me demandais si tu étais libre pour déjeuner.

– Je suis libre quand vous voulez. Ce serait super de déjeuner.

– Alors, vendu. Après nos rendez-vous respectifs, je passerai te chercher.

– Appelez d'abord. Au cas où ma réunion s'éternise. »

Baum déposa Sam à l'angle de Madison Avenue et de la 33e Rue, et la regarda s'engouffrer dans l'immeuble où se trouvait son bureau.

« Qu'est-ce qui va se passer à ton avis, Asher ? se demanda-t-il à lui-même tout en redémarrant pour aller se garer dans un parking.

– Tu veux dire avec Roadhouse ?

– Pas avec Roadhouse, imbécile, avec Sam. Roadhouse, c'est un rendez-vous professionnel.

– Rien avec Sam. Je pensais simplement passer du temps avec elle. Déjeuner si elle est libre,

éventuellement se faire l'expo Pissarro au Met si ça la tente, et ensuite rentrer dans le Connecticut.
– Mmm-mmm.
– Si tu crois que j'ai quelque chose derrière la tête, tu te trompes.
– Ne te jette pas sur elle sans prévenir, c'est tout. Tu as vérifié dans le journal pour voir s'il était question de toi ?
– Dès que je me suis levé. Pour l'instant, rien. En attendant, j'ai suffisamment à faire. J'ai un rendez-vous avec un éditeur, et là, Sam me propose de me présenter Henry Cobb. Ça serait pas mal, non ?
– Je suis d'accord, Henry Cobb c'est une maison prestigieuse. Roadhouse c'est bien mais rien par comparaison.
– Tu te rends compte que Cobb s'intéressait à moi et que ce petit bâtard de Thane n'a rien dit ? Il n'a rien fait pour que je le rencontre.
– Et tu t'en étonnes, Asher ? Tu sais très bien ce qu'il pense de toi. Donc pourquoi est-ce qu'il voudrait te recommander à son éditeur, Cobb, qui publie des auteurs majeurs ?
– Je vais peut-être emmener Sam déjeuner chez Balthazar. Je connais Keith, je peux l'appeler et réserver vite fait. Une table au calme, dans un coin.
– Mon pauvre.
– Comment ça ?
– Tu ne peux pas revivre le passé.
– Je t'ai dit qu'elle me rappelait Tyler ?

– Environ un millier de fois, c'est tout. »

Baum s'engouffra dans un parking, stationna sa voiture pour une somme astronomique, comme d'habitude, se dépêcha de gagner l'immeuble où se trouvait Roadhouse Publications, et opta pour l'escalier. Je préfère risquer la crise cardiaque en montant onze étages à pied que mourir coincé dans un cercueil vertical, pensa-t-il.

Il arriva à bon port, essoufflé mais convaincu d'avoir fait le bon choix. On l'introduisit sans tarder dans le bureau de Banerjee. Ce dernier était un homme plus âgé que lui, aux cheveux gris mais qui portait beau et était très bien élevé. Apparemment, il avait le sentiment que quelque chose dans l'écriture de Baum n'avait pas encore éclos.

« De toute évidence, vous avez un talent, et de toute évidence aussi, vous avez été journaliste plusieurs années, déclara Banerjee. Vous accumulez les faits, les détails, les points de vue éditoriaux au lieu de dépeindre les émotions humaines. C'est là que le bât blesse. Vous êtes tellement déterminé à prendre à bras-le-corps les grands sujets, à répondre aux questions sans réponses que vous philosophez beaucoup trop. Laissez le destin de l'humanité aux vrais intellectuels, dont manifestement vous ne faites pas partie. Votre boulot, c'est de créer des personnages vivants, humains, et non des réceptacles capables d'accueillir vos clichés ou d'exprimer votre angoisse du monde voire, comme l'épouse de

Job, de maudire Dieu, ou si Dieu n'existe pas, de vous débattre impuissant dans l'espace vide. J'ai l'impression, après avoir lu vos livres, que même si vous prétendez ne pas aimer les gens, vous êtes au contraire très soucieux de leur devenir.

– Au fond de moi, j'éprouve une énorme tristesse pour mes congénères, dit Baum, s'efforçant d'emprunter le ton hautement sentencieux de son interlocuteur. Mes personnages se comportent comme ça parce qu'ils ont peur, qu'ils sont paniqués, et si j'étais en mesure de leur trouver une échappatoire rédemptrice pour les apaiser et les aider à accepter leur destin, si ce n'est avec joie, du moins sans terreur, je le ferais.

– Votre boulot avant tout, c'est de divertir vos lecteurs. Ensuite, si vous avez quelque chose d'intéressant à dire, très bien. En revanche délivrer un message de manière barbante, c'est la mort pour un écrivain.

– Mais je ne suis pas dans l'industrie du spectacle. Mon but est peut-être trop ambitieux, je l'avoue : moi, je veux tenter de changer la vie de mes lecteurs.

– Sauf que les emmerder avec un livre pour lequel ils ont dépensé vingt-six dollars ne fait qu'exacerber leur souffrance. » Banerjee alluma une cigarette. « Vous n'êtes pas Dostoïevski, même si vous aimeriez l'être, ça saute aux yeux. Et même lui avait de l'humour. Tout comme Kafka. Mais pourquoi nous attarder sur les génies. Vous n'en êtes pas un.

Je suis sûr que vous le savez. Loin de moi l'idée de sous-entendre que vous n'avez aucun talent. Vous avez des fulgurances d'esprit et d'imagination de temps à autre, mais vous êtes limité. Franchement, si vous voulez mon avis, vous avez trop de colère, et c'est une autre des raisons pour lesquelles votre écriture devient ennuyeuse. Ampoulé, c'est le mot que tout le monde utilise en parlant de vous. Au fait, j'espère que je ne vous vexe pas.

– Mais non, voyons… j'adore passer à la déchiqueteuse à papier.

– Je suis franc avec vous parce qu'il y a quelque chose dans votre écriture qui mérite d'être encouragé. J'ai du mal à accepter que ça se noie dans la bile et la pédanterie.

– Malheureusement, bile et pédanterie sont mes points forts, répliqua Baum en se levant. Je vous remercie de votre intérêt, mais je suis garé en double file.

– Vous ne vous êtes jamais dit que, peut-être inconsciemment, vous préférez que vos livres se vendent peu pour pouvoir dire que vous avez un lectorat trié sur le volet, ce qui de manière détournée reviendrait à dire que vous êtes un grand écrivain ?

– D'autres critiques ? Vous ne m'avez rien dit sur ma façon de m'habiller.

– Je vous ai vexé, je le vois bien, fit Banerjee. Dites-moi ce qui vous met tellement en colère. »

L'espace d'un instant, les yeux de Baum se perdirent dans le vide. « Parce que je ne sais pas me mentir, je suis né comme ça.

– Je comprends, acquiesça Banerjee, hochant la tête. C'est un moyen de survie. Malgré tout, il faut savoir faire avec. »

Baum resta silencieux, comme subjugué. « Écoutez, reprit l'Indien, réfléchissez-y. Si quelque chose dans ce que j'ai dit vous semble sensé et que vous vous sentez prêt à y penser quand vous vous remettrez à écrire, nous pourrons peut-être travailler ensemble. Je vais vous donner un dernier conseil : pour écrire un grand roman, il faut à tout prix donner au lecteur l'envie de savoir ce qui va arriver. Si vous voulez aussi enrichir son esprit, et exprimer quelque chose de véritablement profond, passez le texte au peigne fin avec un éditeur et coupez toute sagesse. »

Baum partit, troublé. Ce n'était pas le rendez-vous auquel il s'était attendu, et il commença à comprendre que ce n'était pas Banerjee qui piaffait d'impatience de le rencontrer mais bel et bien son agent qui avait probablement dû s'y employer pour le convaincre d'organiser un rendez-vous. L'éditeur de Roadhouse avait dû accepter parce qu'il était souvent en affaires avec Bell et qu'il le respectait en tant qu'agent. Baum avait du mal à digérer ce que Banerjee venait de lui dire. Ce dernier avait une présence imposante et n'avait rien fait pour modérer ses critiques ou se montrer plus amène. En vérité, il avait été brutal. Et pourtant, Baum n'avait pas eu le sentiment que Banerjee fût un escroc ou un imbécile. Peut-être s'agissait-il du calme, de la sagesse et de la profondeur qui sont l'apanage d'une éducation hindoue. Que diantre voulait-il dire avec sa dernière remarque, cette idée de couper toute sagesse ? Baum se dit alors qu'il avait beaucoup de chance que Sam organise un rendez-vous avec Henry Cobb, qui le publierait ou pas, mais lui éviterait une approche yogique de la littérature. Toutefois, se félicitant d'avoir l'esprit ouvert, il se promit de réfléchir à ce que Banerjee lui avait dit, aussi douloureux que cela fût. Couper toute sagesse. Quelle idée. Quelle idée absurde. Et pourtant…

Mais la perspective d'un délicieux déjeuner chez Balthazar et peut-être d'un après-midi à flâner dans les galeries d'art comme il adorait jadis le faire avec Tyler ne tarda pas à effacer de l'esprit de Baum la conversation qu'il venait d'avoir avec Banerjee. Sam lui confirma le déjeuner, elle adorait Balthazar, et Baum dit qu'il passerait la chercher. Elle enchaînait les réunions et aurait au moins une heure de retard. Elle précisa qu'elle avait parlé à son patron et que ce dernier avait accepté de rencontrer Baum dès que possible, avec un peu de chance la semaine suivante. À ces mots, une vague d'électrolytes positifs inonda le cerveau de Baum.

Maintenant, il avait du temps à tuer. Quelle phrase, songea Baum. C'est la vie. On tue le temps jusqu'à ce que ce soit lui qui nous tue. Déambulant en ville par cette journée d'automne incroyablement belle, il eut le loisir de réfléchir, de fredonner « I'm wild again, beguiled again » tout en se délectant des rues de New York. De temps à autre durant cette plaisante promenade, des pensées parasites – sur son mariage, sur Connie, sur les allégations sur le point de l'éclabousser, sur Jerry Mack reluquant Connie – le traversèrent. Comme c'était merveilleux, songea-t-il, de pouvoir passer une journée dans Manhattan avec Sam Taylor et se remémorer la femme qui lui avait appris ce que cela signifiait d'être amoureux et qui l'avait poussé à s'abandonner. Pourquoi avait-il eu tant de mal à passer du journalisme à la fiction ? s'interrogea-t-il. Chaque fois qu'il s'aventurait dans le monde des intrigues et des complexités humaines, il se perdait ; dans les étoiles, dans les raisons d'être de toute chose, il se perdait dans le temps et les trous noirs. Mais que pouvait-il y faire ? Écrire ? Multiplier ses efforts ? Écrire mieux ? Mais couper toute sagesse. Il se demanda si l'éditeur indien aux cheveux gris avait une profondeur hors du commun ou s'il était tout simplement indien.

Baum adorait Manhattan. Il marcha de Chelsea jusqu'au magnifique West Village, chaque rue bordée d'arbres lui paraissant splendide. Il ne tarda pas à se retrouver dans une librairie. Il parcourut les livres de ses maîtres, feuilletant les Russes, les poètes qu'il vénérait, Eliot, Wallace Stevens, Philip Larkin.

Naturellement, le livre de Thane était exposé sur une table. Il fallait bien que le libraire vive, se dit-il. Quant à la photo de l'auteur en quatrième de couverture : depuis le portrait de Truman Capote allongé telle une sirène sur son divan, jamais on n'avait vu un tel étalage narcissique de la part d'un écrivain auquel la gloire tendait les bras. Thane avait posé sur la pelouse, chemise blanche déboutonnée jusqu'au nombril, poitrine bronzée, jean ajusté, pieds nus, quelques fleurs ici et là et un couple de cygnes dans l'étang derrière lui complétant le tableau. Carrément à gerber, pensa Baum. Pourtant, son livre se vendait aux côtés de ceux de Proust et de Flaubert.

Un petit homme qui ressemblait à un cafard, avec de grandes lunettes rondes, saisit un exemplaire du best-seller de Thane.

« Je vous le déconseille, lança Baum. Je l'ai lu. C'est complètement surfait. Très ennuyeux.

– Je n'en doute pas, répondit l'homme-cafard. Je connais toute l'histoire de ce livre. J'ai un ami, un rat de bibliothèque, qui m'a tout raconté. »

Je serais toi, je m'abstiendrais de traiter les gens de rats, songea Baum.

« Je ne connais pas l'auteur de ce livre, mais il a tout volé. Mon ami m'a dit qu'il n'avait jamais vu un cas de plagiat aussi énorme.

– Ah bon ? Pourquoi vous dites ça ? demanda Baum, amusé.

– Parce que c'est du plagiat.

– Oui, enfin, pourquoi personne n'a rien dit ?
– Parce que le livre qu'il a pompé est trop obscur. Il date des années 1950. Et même à l'époque, il était passé inaperçu.
– Alors pourquoi votre ami n'en parle pas ?
– Il l'aurait peut-être fait, mais il a fait un grave AVC.
– Il a fait un AVC ?
– En pleine circulation. Il revenait de son rendez-vous chez les Alcooliques Anonymes.
– Un alcoolique. »
Baum décida de ne pas contrarier la petite créature lui faisant face.
« Ce livre, c'est du vol pur et simple. Il s'est approprié le travail de quelqu'un d'autre. »
Baum observa l'homme-cafard qui commençait à s'enflammer, et s'interrogea : pouvait-il y avoir une molécule de vérité dans cette absurdité ?
« Êtes-vous en train de me dire que ce livre est du plagiat, et que personne ne s'en est rendu compte ? »
Baum avait cru d'emblée que l'homme-cafard était un illuminé comme on en voit dans la rue, égaré dans une librairie, mais le type était rasé de près et plutôt bien habillé.
« Phrases, paragraphes, il a piqué toute la structure, l'idée, les personnages. Mon ami, incapable de parler et paralysé, était très remonté. Il n'avait jamais rien vu d'aussi dégueulasse.
– Le rat a dit ça ? Le rat de bibliothèque ?

– Oui, oui, Pinchuck, mon ami Pinchuck. Il est mort.

– C'est quoi, le livre qu'il a volé ?

– Oh, celui qu'il a plagié ?

– Oui, c'est quoi le titre ? Et qui l'a écrit ?

– C'est un truc obscur. Un titre tiré de la Bible. Oui. *Impossible aux hommes*. C'est ça le titre. Vous connaissez la phrase de la Bible : "Ce qui est impossible aux hommes est possible à Dieu." Vous connaissez cette citation ?

– Non. Je ne la connais pas, non. Où est-ce que je peux trouver un exemplaire de ce livre ? C'est qui l'auteur ?

– Je ne sais pas. C'est épuisé. Il faudrait aller dans une librairie d'occasion. » L'homme-cafard brandit le roman de Thane. « Alors vous l'avez lu, et ce n'est pas bon. Ça ne m'étonne pas, puisque c'est de la marchandise frauduleuse. C'est comme acheter une copie d'un meuble ancien en provenance directe de Grand Rapids. Pinchuck m'a dit qu'il l'avait modernisé, mais que tout était volé. Apparemment, le livre d'origine ne s'est pratiquement pas vendu quand il est sorti. Selon mon ami, l'intrigue est plus pertinente aujourd'hui qu'elle ne l'était à l'époque. Ça ne voulait rien dire pour les critiques ou les lecteurs dans les années 1950, mais les temps ont changé. La maison d'édition a disparu depuis belle lurette. C'est dingue que quelqu'un puisse faire une chose pareille en toute impunité.

– Pourquoi vous n'avez rien dit, vous ?

– Et ouvrir la boîte de Pandore ? J'ai déjà fort à faire. Ma société se délocalise à Vienne. Je vais devoir travailler dans un nouveau pays. Avec plus de responsabilités. Heureusement, je parle allemand. »

Dehors dans la rue, une fraîche brise caressant son visage, Baum googla *Impossible aux hommes*, qui était effectivement un livre de Harry Eastman. Il ne trouva pas grand-chose dessus. Bon, qui était ce rat qui avait l'air d'un cafard et qui parlait d'un autre rat, un alcoolique qui avait fait un AVC et qui était mort ? Thane était-il suffisamment sournois et culotté pour voler une intrigue, des personnages, des dialogues à un auteur mort ? C'était difficile à croire. Thane n'était pas stupide. Et pourquoi cela était-il passé inaperçu ? D'un autre côté, le type a bien précisé que le livre était très obscur, et le plagiat, ça arrivait tout le temps, se dit Baum ; nous ne sommes au courant que de ceux qui se font prendre.

Baum fonça au Strand, où l'on trouvait tous les livres depuis que Gutenberg avait fait breveter son invention. Était-ce possible ? se demanda-t-il. Ce serait incroyable ! De démasquer ce faux génie, prouver qu'il était un imposteur, un arnaqueur, un escroc. Thane avait dû tomber par hasard sur le livre, le piller en lui donnant un petit coup de jeune, et ce, selon Pinchuck, le copain de l'homme-cafard, de manière fort maladroite. Comme il s'y attendait, Baum trouva au Strand un exemplaire esseulé d'*Impossible aux hommes*. Il le rapporterait à la maison et prendrait le temps de comparer les deux livres et de préparer une attaque en bonne et due forme si tout ce que l'homme-cafard lui avait dit était effectivement vrai. Mais le problème, c'était qu'il ne pouvait pas attendre. Il avait du temps avant de retrouver Sam. Il n'avait guère envie d'acheter un exemplaire du livre de Thane, *Le Cœur biseauté*, et de grossir de vingt-six dollars la recette des ventes, mais l'impatience l'obligea à s'y résigner.

Dans une rue adjacente du West Village, il trouva un perron d'immeuble tranquille, s'y installa confortablement avec les deux exemplaires et commença à lire *Impossible aux hommes* de Harry Eastman en le comparant au livre de Thane. Il était tellement concentré qu'il ne remarqua pas l'homme descendant les marches pour promener son lévrier afghan, qui dut l'enjamber en s'excusant. Il lut avec une attention extrême durant une heure et, plus il avança, plus l'énormité de l'imposture le stupéfia. L'homme cafard avait raison. Il s'agissait de l'un des pires cas de plagiat que l'on pût imaginer. Et Thane avait beau être d'une intelligence remarquable, c'était ni fait ni à faire. La volonté d'apporter quelques touches modernes sautait douloureusement aux yeux quand on connaissait l'original. L'arnaque tout entière tenait sur l'hypothèse que personne ne connaîtrait jamais l'existence de cet obscur roman épuisé d'un auteur mort. Ce que les plagiaires ne comprenaient pas, c'est qu'on pouvait certes prendre les gens brillants et cultivés pour des pigeons, mais que le monde était peuplé de rats et d'hommes-cafards, et eux ne se laissaient jamais berner.

Mais maintenant, l'heure avançait et il devait aller chercher Sam. Il passa mettre les livres dans le coffre de sa voiture avant de s'empresser de sortir du parking pour héler un taxi. Il connaissait désormais un terrible secret.

« Qu'est-ce que je dois faire ?

– Ce n'est pas à moi qu'il faut le demander, se répondit-il à lui-même. Prends le temps de la réflexion. »

Le chauffeur de taxi lui demanda si c'était à lui qu'il parlait. Baum lui répondit que non et le chauffeur haussa les épaules tout en poursuivant sa route. Elle était là à l'attendre devant la porte cochère du bâtiment où elle travaillait, à l'attendre sourire aux lèvres sur son beau visage, ce qui lui remonta le moral comme jamais. Ils discutèrent tout au long du trajet en taxi jusqu'à chez Balthazar.

« Comment s'est passé votre rendez-vous ? s'enquit-elle.

– C'est un sacré personnage, cet Indien.

– C'est le moins qu'on puisse dire. J'ai parlé de vous à Henry Cobb. Il veut vous voir la semaine prochaine.

– Je ne sais comment vous remercier. J'ai hâte de le rencontrer.

– Il fait un temps merveilleux aujourd'hui, n'est-ce pas ? Selon mon horoscope, c'est une journée exceptionnelle pour moi. Je n'y crois pas, mais je le lis tous les jours. "Autumn in New York", dit-elle, je suis sûr que vous connaissez ce morceau, c'est magnifique.

– Clifford Brown. Tu as déjà écouté sa version ?

– Non, répondit-elle.

– Tu adorerais.

– Parlez-moi un peu plus de votre rendez-vous avec Shivay.

– J'ai encore du mal à m'en remettre.

– Vous avez l'air bouleversé. Ça va ?

– Je te dirai tout quand je me serai commandé des frites. »

Ce qu'il allait lui dire, c'était que son rendez-vous avec Banerjee l'avait troublé et laissé un peu sur le carreau. D'autres, ajouterait-il, lui avaient déjà dit les mêmes choses, mais les entendre dans la bouche d'un Indien l'avait d'autant plus ébranlé.

« Oui, approuva Sam. Il est à nul autre pareil. »

Ce qu'il s'abstiendrait de lui dire, c'était ce qu'il avait appris au sujet du livre de Thane. Il avait tellement envie de lui révéler l'affaire, mais il ne parvenait pas à s'y résoudre. Ça allait être un sacré choc, songea-t-il, et mon Dieu, sans parler de Connie. Ou bien Connie était-elle au courant ? Était-elle de mèche ? Un complot mère-fils. Mais ce n'était pas le genre de Connie. Elle allait en tomber de l'armoire. Et la chute allait faire mal. Mais était-ce possible qu'elle fût au parfum et qu'elle fît semblant de n'en rien savoir ? Non, mieux valait raison garder. Jusque-là, personne n'avait rien dit, et il était très possible que personne ne se manifeste jamais. Si cette histoire fuitait, elle détruirait Thane. Il pourrait dire adieu à sa carrière. Pour paraphraser un certain prince danois, cela n'était ni ne pouvait amener rien de bon, sinon briser le cœur de Sam et celui de Connie, donc mieux valait tenir sa langue.

« Devrais-je tenir ma langue ? s'exclama-t-il.

– Vous m'avez parlé ? fit Sam.

– Moi ? demanda-t-il, gêné.

– Oui, vous n'avez pas marmonné quelque chose ?

– J'essayais juste de me souvenir d'une réplique de *Hamlet*. "La raison et la passion sont le chat et la souris de nos émotions."

– Ça m'étonnerait que ce soit du Shakespeare.

– Tu as raison, mais je me disais simplement que l'homme ne réfléchit pas avec sa tête mais avec ses tripes.

– J'adore la manière dont vous vous laissez absorber par vos pensées, vous vous parlez tout seul, déclara Sam.

– Tu as déjà lu un roman d'un dénommé Harry Eastman, *Impossible aux hommes* ? »

Elle réfléchit. « Non. *Impossible aux hommes* ? Non. Pourquoi ? C'est bien ?

– Non, non. C'est un vieux truc. Je viens de m'en souvenir, c'est tout.

– Ça parle de quoi ?

– Oh, juste de gens qui essaient de changer leurs vies et qui finissent par se retrouver dans des situations encore pires.

– Mmm-mmm. Non. Je n'en ai jamais entendu parler. »

Baum voulut soudain changer de sujet. Il était très ambivalent. Il avait besoin de passer du temps seul. À réfléchir au calme à ce qu'il allait faire. Pour voir comment procéder avec cette nouvelle accablante. Ce n'était pas le moment. Il avait la chance d'être en ville avec une ravissante et charmante créature qui le ramenait aux moments les plus joyeux et les plus intenses de son existence, et elle était là, elle lui souriait dans un taxi filant vers chez Balthazar. Un vrai voyage dans le temps.

« Je te suis tellement reconnaissant d'organiser un rendez-vous avec Henry Cobb. Je ne l'ai pas vraiment senti, ce Shivay Banerjee.

– Je me disais bien que vous n'alliez pas accrocher avec lui, mais je n'ai pas voulu vous influencer. Ce ne sont pas mes affaires. Il se prend très au sérieux. Même s'il n'est pas bête. Je crois qu'avec Henry vous allez bien vous entendre. Vous êtes intransigeants tous les deux. Il est très intense, très vieille école, très honnête, très sensible, chaque détail compte pour lui. Il prend des cachets à longueur de journée, mais s'il fallait se retrouver avec quelqu'un sur un radeau en perdition, c'est avec lui qu'il faudrait être. C'est un homme formidable. »

De toute évidence, Sam pensait le plus grand bien de son patron, et appréciait suffisamment l'œuvre de Baum pour organiser une rencontre. Baum en pinçait pour Sam, c'était clair, et si sa raison lui disait que cela ne pouvait le mener au mieux que nulle part et au pire à la catastrophe, il lui était difficile de résister au déferlement de cette vague. Il se surprit à examiner dans les moindres détails chaque phrase qu'elle prononçait. Le choix des mots, le contexte, le ton. Cela révélait-il quelque chose de ses sentiments profonds ? Il y eut un silence, puis elle déclara : « L'intrigue de ce livre dont vous parlez ressemble beaucoup à celle du roman de Thane.

– Ah, regarde, on arrive ! » s'exclama-t-il, heureux de ne pas avoir à réagir à sa remarque. Après avoir passé cinq minutes chez Balthazar à parler des grandes brasseries parisiennes, ils commandèrent des salades et bien sûr des hamburgers-frites. Le serveur, serpent dans ce jardin d'Éden de Soho, suggéra du vin. En boiraient-ils ? demanda Sam. Mais redoutant qu'Asher l'Hystérique ne se libérât de ses chaînes, Baum répondit que non merci. Elle, en revanche, croqua la pomme et commanda un petit verre de cabernet sauvignon. Après en avoir siroté quelques gorgées, elle se détendit encore un peu et n'en devint que plus charmante.

« On dirait que quelque chose vous tracasse, déclara-t-elle. Tout va bien ?

– Oui », fit Baum. Il aurait voulu dire : « Tu es très intelligente. Avec ta vivacité d'esprit et ta perspicacité, qu'est-ce que tu fais avec Thane ? »

Il avait vraiment envie de vider son sac, et s'il n'avait pas renoncé au cabernet sauvignon, il l'aurait peut-être fait.

« Ça vous plaît d'être à New York, ça se voit, dit-elle. Vous n'êtes plus la même personne.

– Comment ça ?

– Vous êtes plus enjoué.

– Je suis un citadin, ça c'est sûr. Londres, Rome, Paris. J'aime quand ça bouge.

– Et pourtant, vous vivez dans le Connecticut au milieu des ruches et des nids d'oiseaux.

– Connie ne pourrait pas vivre ailleurs. Elle ne supporte pas la rue. Moi, j'ai grandi dans les rues.

– Connie est géniale, mais je peux dire quelque chose sur votre femme ?

– Je sais ce que tu vas dire.

– Ils sont extrêmement proches l'un de l'autre, elle et Thane.

– Et comment !

– Enfin, c'est beau dans un sens de voir à quel point ils s'admirent mutuellement.

– Oui, même si certains y voient quelque chose de légèrement déplacé.

– Non. Ne dites pas ça. C'est juste rare de voir une telle proximité entre mère et fils.

– Connie est convaincue d'avoir donné naissance à un génie.

– Oui, c'est un génie. Un génie pourri gâté. Trop sûr de lui, mais quand on est intelligent comme il l'est... Moi aussi, j'ai été pourrie gâtée, j'imagine. »

Baum remarqua qu'elle s'abstint d'ajouter : *Vous aussi vous êtes un génie, mais ignoré.*

« Tu as grandi où ? lui demanda-t-il.

– À San Francisco, à Pacific Heights. Mon père était ingénieur et ma mère prof de philo. Ils m'ont gâtée. Je n'ai jamais entendu le mot non.

– Comme Tyler. Tu me rappelles tellement mon ex-femme. Tu lui ressembles. Tu dis les mêmes choses. Elle était très perspicace elle aussi. Surtout par rapport à mon écriture. Et elle était magnifique, comme toi.

– Alors comme ça, vous craquez dès que vous voyez un joli minois. »

Baum avait glissé ce compliment histoire de prendre la température et voir comment elle réagirait, mais il n'en tira aucune information utile.

« Connie n'est pas simple, déclara-t-il dans l'espoir de suggérer très subtilement que tout n'était peut-être pas au beau fixe entre lui et son épouse.

– Vous devez beaucoup l'aimer pour sacrifier votre passion pour New York. Je sais ce que vous pensez de la vie à la campagne.

– Oui. J'ai le rhume des foins. Et pourtant je passe ma vie au milieu de la fléole des prés et des ambroisies. Pour expier mes péchés.

– Quels sont vos péchés ?

– Et les tiens ?

– Les bonbons. L'impatience. Quoi d'autre ? Choisir toujours l'homme que je ne devrais pas choisir. »

Bingo, pensa Baum, un coup de maître.

« Et vous ? s'enquit-elle.

– Mon plus gros péché, c'est la peur.

– Et de quoi avez-vous peur ?

– De la solitude, des trous noirs, du temps, des cambrioleurs, des tumeurs, de l'échec, des ascenseurs… Je pourrais continuer comme ça longtemps, mais on y passerait la journée. »

Elle sourit et regarda Baum.

« Je vois. C'est de la peur que viennent les éclairs d'inspiration qui traversent sporadiquement votre écriture. Vous êtes un original à votre façon.

– Comment ça, original ?

– Un cinglé.

– Merci, aujourd'hui c'est ma fête en matière de critiques sincères.

– Thane m'a parlé de vos problèmes. Vous en avez bavé, mais ça ne vous a pas rendu amer. Vous êtes en colère, certes, mais vous n'en êtes pas moins sympathique.

– Un sympathique cinglé.

– Et vous êtes tellement intéressant. Du moins à mes yeux.

– Est-ce qu'il t'a raconté que j'ai fait une espèce de dépression nerveuse quand Tyler m'a quitté ?

– Comment ça, une espèce de ?

– Tu as raison, ce n'était pas une espèce de, c'était une dépression nerveuse. Mes amis ont cru que j'allais me faire du mal. Ils m'ont fait admettre dans une espèce de sanatorium… OK, un vrai sanatorium. Et quand je me suis retrouvé à marcher dans ce long couloir qui menait à la chambre qu'on m'avait attribuée, je ne sais pas pourquoi, parce que ce n'était pas leur intention, mais j'ai cru qu'ils allaient me faire des électrochocs, m'assommer à coups de décharges électriques, donc j'ai paniqué et j'ai essayé de m'enfuir mais ils m'ont arrêté et m'ont donné des trucs qui ont fini par me calmer.

– Vous êtes resté combien de temps là-bas ?

– Quelques jours. Peut-être une semaine ou deux. Donc tu as raison de me traiter de cinglé. Mais c'était il y a longtemps, même si dernièrement j'ai eu le même genre d'angoisse. Comme si je perdais les pédales. C'est difficile à expliquer.

– Je sais qu'un critique vous a accusé de pleurnicher, mais je trouve qu'il y a quelque chose d'universel dans vos pleurnicheries. Je sais que tout le monde ne partage pas mon avis.

– Je suis vraiment content que tu aies organisé pour moi un rendez-vous avec Henry Cobb.

– Vous étiez donc vraiment amoureux de votre ex, Tyler.

– C'est dingue comme tu me la rappelles. Je te l'ai déjà dit ? Tu lui ressembles et je suis assis ici avec toi au Balthazar.

– C'est pour ça que vous vouliez passer du temps avec moi ? Parce que je vous rappelle Tyler ?

– Probablement, répondit-il, savourant les galantes banalités qu'ils échangeaient, sachant qu'il ne pourrait pas, n'y donnerait pas suite.

– Bon, eh bien, profitons de la journée au moins, proclama-t-elle. On y va, on se fait quelques expos ?

– Je vais régler l'addition. J'espère qu'elle est salée, comme ça, ça me punira d'avoir eu cette conversation avec toi. »

Sans cesser son badinage, il fit ce qu'il avait à faire et ils sortirent de l'établissement.

Ils déambulèrent dans Soho et le Meatpacking District. Certaines des expos étaient magnifiques, d'autres beaucoup moins. Baum aimait sincèrement l'art et il songea à tous les jeunes artistes qui se battaient pour émerger dans un monde qui aimait l'art, qui était ému par l'art, qui avait besoin de l'art, et qui paradoxalement leur rendait la vie si dure. Il pensa à Thane et il sentit monter en lui une pointe de colère qu'il se dépêcha de mettre de côté pour plus tard afin de ne pas gâcher cet après-midi. Par chance, ils tombèrent sur une expo de photographie où ils admirèrent de fabuleux tirages de Lee Friedlander et quelques-uns de Weegee. Ils admiraient tous deux les travaux des deux hommes. Ils firent un bref passage à la Morgan Library pour voir quelques illustrations originales d'*Alice au pays des merveilles* et elle acheta un sac en toile à l'effigie d'Alice pour sa nièce.

Cela rappela à Baum une histoire amusante qui eut lieu lorsque avec Tyler ils visitaient l'Europe, et il la raconta à Sam. Alors qu'ils se trouvaient à Munich, il insista pour qu'ils fassent un détour en voiture jusqu'à Dachau, l'ancien camp de concentration nazi encore intact et ouvert désormais aux touristes. Ils furent surpris de découvrir que le camp de l'horreur était niché au cœur d'une magnifique campagne, parmi les arbres et les fleurs. Le camp était là, à quelques kilomètres de la ville, exactement comme dans les terrifiantes photos et les images d'archives de l'époque avec sa chambre à gaz et son crématorium. Certains coins, où des prisonniers avaient été battus à mort, étaient désormais ravissants et parfaitement entretenus. Des milliers d'êtres humains innocents étaient morts de faim là, avaient été torturés et s'étaient jetés contre les clôtures électriques pour mourir lorsque leur souffrance était devenue intolérable. C'était aussi proche de l'enfer qu'on pouvait se l'imaginer. En sortant, ils entendirent une touriste demander innocemment à l'accueil s'il y avait une boutique cadeau. Sam éclata de rire tout comme l'avaient fait Tyler et lui à l'époque. Ils prirent un taxi jusqu'au Met pour voir les Pissarro.

Ils partageaient une passion pour *Le Boulevard Montmartre un matin d'hiver*. Asher dit à quel point il eût aimé entrer dans ce tableau, mais qu'alors il ne serait plus ici avec elle. Sam rit et dit qu'il n'avait qu'à l'emmener avec lui. Plus tard, dehors, déambulant dans Central Park, l'effet que lui avait fait le tableau continua de l'habiter, tout comme sa remarque.

« Je venais souvent ici avec Tyler regarder les tableaux, mais elle, c'est dans un Renoir qu'elle voulait pénétrer. Elle et moi, on parlait souvent d'aller vivre à Paris.

– Est-ce que c'est votre rêve ? Vivre à Paris ? Moi en tout cas, j'adorerais.

– Oui. Et le tableau est si attirant qu'il donne même envie d'être là-bas ce matin d'hiver-là. Il ne faut pas oublier que le rêve réside aussi en partie dans les vêtements qu'ils portent, les chevaux et les fiacres. Tu imagines, dîner au Maxim's ? Évidemment, si j'avais vécu là-bas à cette époque, à l'heure qu'il est je serais mort. Sans compter que les dentistes n'avaient pas de novocaïne.

– Oui, la vie est un leurre, fit Sam. Il y a tant de charme et de beauté, et tant de Dachau.

– Avec un peu de chance on finit avec un rocher sur une montagne. Et à quoi ça sert, un rocher sur une montagne ? À rien. Rien. Désolé, je ne voulais pas parler si fort.

– Et si au lieu d'un rocher, c'est avec un grand livre qu'on se retrouve ?

– Tu es très lucide, mais repose-moi cette question dans quelques milliards d'années, quand, pour paraphraser Gertrude Stein, il n'y aura plus d'ici, ici.

– Vous donnez au pessimisme de nouvelles lettres de noblesse. Et justement j'allais dire combien ça devait être divin de vivre à Paris à la Belle Époque. De vivre dans un tableau de Renoir.

– Naturellement, les personnages qu'on voit dans les tableaux de Renoir n'avaient peut-être qu'une envie, vivre dans des Fragonard. »

Tandis qu'ils marchaient tout en bavardant dans le parc le long de la Cinquième Avenue, les lumières orangées des appartements new-yorkais commencèrent à s'allumer, ce qui à travers les feuillages rendit le tableau très romantique, et Samantha Taylor devint de plus en plus belle au fil du crépuscule.

C'était le moment le plus agréable qu'il avait vécu depuis fort longtemps, mais qui évidemment ne manquerait pas de mal finir, puisque cela ne pouvait mener nulle part malgré le fait qu'elle le trouvât « sympathique » et « tellement intéressant ». Certes, il était « cinglé », mais ses pleurnicheries étaient « universelles ». Que voulez-vous y faire. Cette journée faisait écho à des années plus douces, et il eut le sentiment d'avoir de la chance de pouvoir la vivre quand il était encore capable de faire quinze pompes d'affilée.

C'est alors qu'une chose incroyable se produisit. Une chose sortie tout droit d'un film ou d'un rêve, et non pas d'un navet comme il y en a tant à l'affiche dans la vraie vie. Ils décidèrent de quitter le parc et de se diriger vers le parking où était garée sa voiture. Ils descendaient la Cinquième Avenue en riant de choses banales, parce que l'une des choses qui rendaient cette journée si agréable, c'était qu'ils riaient souvent pour les mêmes choses, certaines sérieuses, d'autres stupides. Ils décidèrent de prendre un dernier verre au Bemelmans Bar avant de reprendre la route pour le Connecticut parce qu'ils appréciaient tous deux ce bar avec ses fabuleuses fresques. Sam possédait même une aquarelle signée Bemelmans représentant Madeleine, sa petite héroïne, cadeau de ses parents. De plus, cela faisait une demi-heure qu'ils évoquaient si tendrement Paris. Ainsi, ils quittèrent l'avenue pour se diriger vers la 77e Rue et l'hôtel Carlyle mais en arrivant sur Madison Avenue, qui ne croisèrent-ils pas ? Tyler. Tyler ? Oui, c'était Tyler Royce, jadis Tyler Baum, désormais Tyler Lake. Sam sut aussitôt qui elle était, non pas tant grâce à la description que Baum lui en avait faite, mais à cause de la réaction de ce dernier, qui s'apparenta sans doute à l'effet que produisit sur les dinosaures la météorite qui les effaça de la planète. Baum s'immobilisa, pétrifié.

« Salut, Asher, roucoula-t-elle, pétillante, un grand sourire accroché aux lèvres. Quelle belle surprise ! »

Baum, comme s'il venait d'être victime d'un coup de massue, resta planté là, et le seul mot qu'il parvint à prononcer fut : « Tyler. » Puis les neurones de son cerveau se remirent en branle et il ajouta : « Qu'est-ce que tu fais là ? » Mon Dieu, je peux faire mieux que ça. Il n'arrivait pas à être à la hauteur de ce moment digne d'une pièce de Noël Coward.

« L'ami de Ricky se marie, donc on est venus pour le mariage. Tu as bonne mine.

– Toi aussi », fut tout ce qu'il trouva à dire. C'est quoi mon problème ? D'habitude j'ai le sens du dialogue.

Elle n'avait pas beaucoup vieilli, et là où l'on distinguait malgré tout le passage du temps, cela n'entachait en rien sa beauté naturelle. Aucune trace de Botox ne venait saboter ce merveilleux visage en provenance direct des grands espaces. Elle était rayonnante, en pleine santé, splendide. Apparemment, élever des moutons lui allait bien. De tout ce qu'ils avaient vécu ensemble, seul ce premier instant, debout devant sa porte à lui parler à l'interphone lui revint clairement à l'esprit, de manière poignante. Tout ce qui manquait à cette rencontre due au hasard, c'était une bande-son interprétée par un orchestre symphonique.

« Je te présente Sam, poursuivit-il, sa maladresse ne pouvant dépasser le seuil déjà atteint. C'est la petite amie de mon beau-fils.

– Et qu'est-ce que tu fais avec elle alors ? » s'étonna Tyler avant d'éclater de rire tandis que Baum rougissait jusqu'aux oreilles.

Après quoi les femmes se saluèrent chaleureusement, et l'espace d'un instant il crut voir en même temps deux films sur le même personnage, le premier et le deuxième volet.

« Et l'écriture, ça avance ? demanda Tyler. J'ai lu ton livre. Si j'avais plus de temps, j'aurais adoré t'en parler, mais on a un avion à prendre ce soir. Vingt-sept heures de vol. Tout ce que tu aimes, s'exclama-t-elle, narquoise.

– Je suis sûr que tu as hâte de rentrer chez toi. Les moutons ont besoin qu'on s'occupe d'eux, rétorqua Baum, aux prises avec des émotions contradictoires.

– C'est sûr qu'élever des bêtes ce n'est pas pour toi, affirma Tyler. "Tout animal est un humain raté", c'est ce que tu as dit une fois, je me rappelle.

– Ah, les moutons, c'est différent, rien ne me ravit autant que d'assister à une bonne tonte. Ou que de contempler un troupeau en train de paître dans une prairie, avec un colley à mes pieds. Sans oublier les côtelettes d'agneau à la menthe.

– Arrête tes conneries, Asher. C'est très gratifiant, figure-toi. On apprend beaucoup. Je parie que tu ignores que les pupilles des moutons sont rectangulaires.

– Je l'ignorais, effectivement, et je me demande bien comment j'ai pu survivre toutes ces années dans l'Upper East Side de Manhattan sans savoir ça. Comme quoi.

– À vrai dire, tu aimerais bien les moutons. Tu as quelque chose de commun avec eux. Ils s'automédicamentent.

– Où veux-tu en venir ?

– Comme toi, ils mangent certaines plantes non pas pour se nourrir mais pour combattre la maladie, et ils savent reconnaître celles qui les soignent. »

En rencontrant et en tombant amoureux de Tyler Royce, une New-Yorkaise sophistiquée pure et dure qui ne ratait jamais une première et fréquentait les restaurants à la mode, Baum n'aurait jamais cru que des années plus tard il se trouverait sur Madison Avenue avec elle, désormais son ex-épouse, en train de lui parler de sa nouvelle vie en Nouvelle-Zélande. Lorsque le poète Robert Burns écrivait que « les plans les mieux conçus des souris et des hommes vont souvent de travers », il ne savait pas à quel point ils pouvaient effectivement aller de travers.

« On allait boire un verre. Vous voulez venir avec nous ? s'enquit Sam.

– Ce serait avec plaisir, mais je ne peux pas. Merci quand même. Je suis déjà en retard, mais c'était super de te voir, Ash.

– Oui. Moi aussi ça m'a fait plaisir. Comment aurais-je appris sinon que les pupilles des moutons sont rectangulaires ? »

Et avec un sourire, elle s'éloigna dans Madison Avenue, vers la suite des aventures de Tyler Royce, bergère de Park Avenue.

Malgré ce qu'il avait dit à Sam, cette rencontre fortuite avec son ex-femme l'avait bouleversé, et lorsqu'ils s'installèrent dans le Bemelmans Bar et qu'elle commanda une margarita, il l'imita.

« Je croyais que vous détestiez l'alcool fort, s'étonna Sam.

– C'est vrai. Je déteste vraiment le goût. Je vais siroter tranquillement mon verre. Ça m'a fait un choc de la voir. De toute façon, il faut que je conduise pour rentrer.

– Elle vous a vraiment pris au dépourvu.

– Ça va, mentit-il, un peu embarrassé. J'aurais dû le savoir, que les moutons ont des pupilles rectangulaires. Où est ma margarita ?

– J'entends votre cœur battre d'ici », remarqua-t-elle.

Il s'excusa. « Il faut que j'aille m'asperger le visage avec de l'eau froide. Si je ne suis pas de retour d'ici cinq minutes, appelle le New York Hospital. »

Cet événement avait été pour Baum surréaliste, et il avait besoin d'un moment seul pour reprendre ses esprits. Il n'en revenait pas d'avoir par hasard croisé Tyler après tout ce qui s'était passé ; et cette rencontre fortuite déclencha en lui un flot de souvenirs : les promenades, les conversations, les rires, ses lèvres, ses blagues, ses spaghettis. Et soudain, comme Larry Hart l'avait si magnifiquement formulé, il s'était retrouvé à commander un jus d'orange pour lui tout seul. Il se souvint de quelqu'un évoquant une camisole de force, mais les choses n'en étaient pas arrivées jusque-là. « Nous n'avons pas du tout l'intention de vous faire des électrochocs, monsieur Baum. D'où vous sort cette idée ? »

Ironiquement, j'étais tout sauf violent, se souvint-il. Eux n'en étaient pas certains.

« Vous étiez un peu incontrôlable », c'est ce qu'ils ont dit.

« J'allais parfaitement bien jusqu'à ce que j'entende le mot électro-convulsivo-thérapie.

– Vous avez mal compris, monsieur Baum. Vous l'avez peut-être entendu quelque part, mais cela n'avait rien à voir avec vous. Calmez-vous. »

Et maintenant il était seul dans les toilettes de l'hôtel Carlyle. Il s'interpella : « Hé, tu as vu ce qui vient de se passer ?

– Comment le rater ?

– Elle avait bonne mine.

– Tyler ? C'est le genre de femme à bien vieillir.

– Et elle est encore sexy en plus. Les gars la draguaient tout le temps.

– Ouais, mais elle était maquée avec moi. Jusqu'à ce qu'elle ne le soit plus. Enfin, je le croyais. Ce mec en Nouvelle-Zélande, elle est avec lui depuis longtemps maintenant. La Nouvelle-Zélande. Mais qu'est-ce qu'elle fout en Nouvelle-Zélande ?

– Ne te creuse pas trop la tête, parce que tu ne comprendras jamais. Tu l'as dit toi-même. On ne peut pas tout comprendre dans la vie. C'est une fille qui préfère les moutons à Midtown.

– Tu peux garder tes commentaires spirituels pour toi.

– Et tu n'as pas vu de signes avant-coureurs ?

– Aucun. J'essaie de mettre le doigt sur mes erreurs.

– C'est la vie. La vie, ce n'est pas une science exacte.

– Tu as vu, elle a toujours les dents vachement en avant ? J'avais oublié combien j'aimais ses dents en avant. Sam aussi a les dents en avant. Et elle est tout aussi sexy que Tyler. Sam a une super bouche. Tyler a la plus belle bouche que j'aie jamais vue. Écoute, je me perds dans les bouches et les dents en avant.

– C'est la boule que tu perds, Asher. Tu es sur une mauvaise pente depuis un bout de temps, là.

– Quand j'ai rencontré Tyler, elle avait un appareil dentaire de contention argenté. Je ne sais pas si je t'en ai déjà parlé. C'était tellement séduisant. La vache, pourquoi un appareil dentaire de contention me faisait cet effet-là ? Un vulgaire morceau de métal. Sam n'a pas d'appareil de contention, mais ça lui irait bien.

– Asher, tu ne m'écoutes pas. Je te dis que tu dois te ressaisir. »

À ce stade, Baum semblait ignorer toute remarque suggérant qu'il perdait la tête.

« Je passais un moment tellement merveilleux avec Sam quand on est tombés sur Tyler. C'était magique, comme de voir deux lunes. Ils n'ont pas découvert une deuxième lune plus petite, d'ailleurs ?

– La ressemblance est frappante. Quand j'ai vu les deux ensemble avec toi au milieu, c'était surnaturel.

– Aujourd'hui, j'ai eu l'impression de passer la journée avec Tyler. Balthazar, les galeries, Central Park, et pour finir, la vraie Tyler. Je n'arrive pas à m'en remettre.

– Moi non plus.

– Ça fait beaucoup trop. Sam, Tyler, le cafard dans la librairie. Et ce Thane, ce petit menteur, qui a tout volé. Je le savais. J'ai dit que c'était un poseur, pas vrai ? Je ne l'ai pas dit ?

– Si.

– Tu m'as dit que je délirais.

– J'étais sceptique, je l'admets.

– Tu as lu le livre de ce gars ? Harry Eastman ? Thane lui a piqué des passages mot pour mot.

– Tu as décidé ce que tu allais faire à ce sujet ?

– Je ne sais pas. J'ai besoin de boire un coup. Je n'avais pas commandé un verre ? Où est ma margarita, bon sang ?

– À ta place, je m'abstiendrais. Tu sais ce qui t'arrive simplement avec du vin.

– Je suis désolé, j'ai besoin de boire un coup. Il me faut quelque chose pour me calmer. »

En cet instant, la porte des toilettes s'ouvrit. Un petit homme s'apprêta à entrer, vit Baum en pleine vocifération solitaire et s'empressa de refermer le battant en faisant demi-tour.

« Tu fais peur aux gens. Tu parles tout seul, tu ne t'en rends même plus compte.

– Tu t'es vu, toi ? Et ça n'avait rien à voir avec ça, se justifia Baum. C'était une de ces pauvres âmes sensibles qui ne peut pas aller aux toilettes à moins que ce soit complètement vide. Les gens sont dingues avec leurs problèmes de cabinets. Nous sommes des créatures défectueuses. Au paradis, quand Dieu a créé l'homme, il s'est dépêché de finir le boulot en six jours. Il n'y avait pas le feu au lac. Qu'est-ce qu'il avait besoin de se reposer au septième jour ? Pour faire la sieste dans les putain de nuages ? Qu'est-ce qu'on peut façonner de digne de ce nom en six jours ? Surtout, quelque chose d'aussi compliqué qu'un être humain. »

Baum s'égarait pour de bon, gesticulant debout dans les toilettes carrelées comme sur une scène de théâtre.

« Et ce n'est pas tout : juste avant qu'on nous envoie naître sur terre, un ange s'empare d'un petit minuteur mécanique, tourne la molette, insère l'appareil dans notre corps et notre espérance de vie dépend de la vigueur avec laquelle il l'a actionné. C'est un minuteur. L'ange le programme habituellement à quatre-vingts ans, et ensuite le compte à rebours commence. Parfois il tourne la molette un peu plus fort, et si la chance n'est pas de votre côté, il la tourne un peu moins. Le minuteur se déclenche, et quand il s'arrête, c'est terminé. Tout est écrit d'avance. Peu importe combien de kilomètres vous courez sur votre tapis de course, combien d'oméga 3 vous avalez par jour. Tout est dans le minuteur mécanique que l'ange nous insère à la naissance. »

Baum respirait fort désormais, et il avait vraiment besoin de sa margarita. Il voulait voir Sam, s'asseoir face à elle comme il s'asseyait jadis face à Tyler, et se sentir mieux grâce à la tequila. Il voulait à la fois se sentir heureux et triste. Pourquoi triste ? Parce qu'il y a du plaisir dans la tristesse aussi. Pourquoi ? Mais rien n'est logique. Il avait raison, bon nombre de choses dans la vie défiaient toute explication. Sam attendait, assise à une table dans la lueur rosée d'une lampe immensément flatteuse. Elle en était à sa deuxième margarita. Il reprit sa place et se permit de la contempler longuement. Sa margarita l'attendait.

« Il faut faire attention, remarqua-t-il en observant le verre de Sam. Il ne faut pas consommer trop de sel. Ce n'est pas bon pour la pression artérielle. »

Un hypocondriaque juif jusqu'au bout des ongles. Il était là avec une femme magnifique dans un café aux lumières tamisées, devant des cocktails, et soudain il s'inquiétait, redoutant que le sel autour du verre de son interlocutrice fût mauvais pour la pression artérielle de cette dernière.

« Vous vous êtes absenté longtemps, remarqua-t-elle. Ça va ?
– Oui. Qu'est-ce que tu as pensé de Tyler ?
– Elle est comme vous me l'aviez décrite. Très charmante. Je suis sûre qu'elle est aussi incroyable qu'avant, lorsque vous étiez ensemble. »
Toi aussi tu es incroyable, se dit Baum, et au lieu de prendre son temps pour siroter son verre comme il le faisait avec tout breuvage dépassant les douze pour cent d'alcool, il s'empara de sa margarita et la vida d'un trait tel un héros de western. Puis il resta là, tout sourires, rougeaud, chaque vaisseau sanguin de son cerveau dilaté au maximum. Elle sentait elle aussi les effets de sa deuxième tournée. Ils s'observèrent tous deux dans le silence de fin d'après-midi du bar, avec en bruit de fond une mélodie de Vernon Duke qu'interprétait le pianiste, dans un décor en technicolor. S'il y avait, comme le formulent les joueurs d'échecs, un coup à jouer, c'était le moment d'agir. Et même si Baum avait terriblement envie de se lancer, quelque chose l'empêchait de placer son pion en e4. Pour finir, ce fut Sam qui lui prit la main.
« J'ai passé une merveilleuse journée aujourd'hui, déclara-t-elle.
– Oui, c'était fantastique, dit-il, médusé par son audace.
– Je peux vous dire quelque chose ? Quelque chose que j'ai envie de vous dire depuis un moment ? À moins que vous ne sachiez déjà de quoi il s'agit. »

Lancez la dopamine, et la caméra s'approche en travelling pour un gros plan. Baum songea : si elle est sur le point de me dire, je te connais depuis peu de temps, Asher, mais j'ai déjà beaucoup d'affection pour toi, je préfère qu'elle s'abstienne, même si c'était précisément ces mots qu'il désirait entendre. Un chemin menait au bonheur, un autre à l'enfer. Le problème, c'était que le chemin vers le bonheur était en réalité un long détour menant directement à l'enfer.

En vérité, il ne savait pas le moins du monde ce qu'il voulait. Tout ce qu'il savait, c'était qu'il s'était déjà retrouvé jadis en enfer, et qu'il n'avait aucune envie d'y retourner. Et pourtant, il sentait comme une odeur de soufre. Il se dit qu'il attendrait qu'elle parle avant d'observer son propre corps pour voir sa réaction. Il se regarderait de loin ; en tant que simple spectateur, il ne serait peut-être pas responsable des actions que pourrait entreprendre son double. Il se demanda s'il tomberait sous le joug d'Asher le Mauvais ou si Asher le Bon sortirait ses griffes pour repousser cette version gargouille de lui-même et regagner le monde du bon sens ? Que ferait Kant si elle lui prenait la main ? Il s'en remettrait à l'impératif catégorique. Il raisonnerait : que se passerait-il si tout le monde agissait de la sorte, comme Asher le Mauvais ? Ou bien Kant, si elle lui prenait la main, l'entraînerait-il dans une chambre d'hôtel où ils pourraient être seuls, pour ensuite écrire deux mille pages opaques, impossibles à comprendre, afin de justifier la chose ?

« Je peux vous parler de Thane ? » demanda-t-elle.

Il pensa : nous y voilà, et qu'est-ce que je fais ? Elle va me dire : je ne sais pas comment l'annoncer à Thane, mais je suis tombée amoureuse de toi. Asher était impatient de voir comment Asher allait réagir.

Sam le fixa avec ses grands yeux sensuels et poursuivit : « Thane m'a demandé en mariage, et j'ai trop hâte. Il ne l'a dit qu'à Connie, qui est aux anges. Elle avait tellement envie que les choses se concrétisent entre Thane et moi et c'est exactement ce qui se passe maintenant. J'appréhendais au début, j'avoue. Thane est un immense écrivain et ça m'a souvent joué des tours avant, de tomber sous le charme de l'auteur et non de l'homme. J'ai passé beaucoup de nuits à pleurer. Mais Thane n'est pas juste un écrivain. C'est un être humain d'exception. Il est intègre et bienveillant et j'en ai beaucoup parlé avec mon psy, je suis prête à franchir le pas. Si je vous en parle, c'est parce que je sais que vous et Thane vous n'avez jamais accroché, vous n'avez jamais été proches. Maintenant que je vais pour ainsi dire faire partie de la famille, et que vous et moi nous sommes sur la même longueur d'onde, j'espérais peut-être pouvoir vous aider à vous entendre, ce que Connie n'a jamais su faire. C'est de ça que je voulais vous parler, et je me suis dit qu'après une belle journée comme celle-ci, c'était le bon moment. Est-ce que je vais trop loin ? Vous pouvez me le dire. »

Immobile, Baum fixa non pas Sam, non pas le vide, mais l'éternité. Il ne savait pas quoi dire ; il ne savait pas quoi penser. Il était perdu, à la fois dans le cosmos et dans le Bemelmans Bar.

« Mmm-mmm », grommela-t-il. Il garda le silence. Il inspira et expira lentement, ravalant son immense déception. Finalement, il parla. « Tu as déjà lu *Impossible aux hommes* ? s'enquit-il, la magie de la margarita ayant opéré.

– Non, vous m'avez déjà posé la question, répondit Sam. C'est un roman, c'est ça ?

– Un vieux roman du siècle dernier. Harry Eastman. Ça te dit quelque chose, ce nom ?

– Pas du tout.

– Je suis tombé dessus par hasard. L'auteur est mort.

– Je ne connais pas ce livre. Vous avez entendu ce que je viens de vous dire à propos de vous et Thane et de cette idée que je pourrais jouer un rôle pacificateur ?

– Je comprends que tu ne l'aies pas lu. Très peu de gens l'ont lu, en fait.

– Je n'ai jamais eu vent de ce titre. Pourquoi ? Je vais me régaler si je le lis ?

– Te régaler ? Non, non. Je pense que si tu lis ce livre, tu vas y réfléchir à deux fois avant d'épouser Thane. » C'était la première chose maladroite qu'il disait, et il regretta aussitôt ses propos. Il y était allé trop fort, et maintenant dans sa tête, c'était le chaos sur « Dance of the Infidels ».

« De quoi parlez-vous, Asher ? fit-elle. Vous êtes déjà saoul ?

– Thane a volé pratiquement la totalité d'*Impossible aux hommes* pour faire son roman. C'est un des pires cas de plagiat que j'ai jamais vus, ça crève les yeux.

– Je ne sais pas de quoi vous parlez, Asher. Je pense que vous avez trop bu.

– Une partie de moi me dit de me la fermer, que si ça se trouve, personne ne remarquera rien, mais que ce soit le cas ou pas, je me dois de te prévenir.

– Me prévenir de quoi ? Qu'est-ce que vous racontez ?

– Quelqu'un m'a fait remarquer aujourd'hui que Thane avait plagié ce livre.

– C'est complètement dingue. Qui vous a dit ça ?

– L'homme-cafard m'en a parlé dans une librairie aujourd'hui. Il est tellement évident que Thane a volé le travail d'un autre écrivain qu'au fond de moi je me dis que je devrais contacter un journaliste et laisser la presse révéler au grand jour ce crime sordide. Je le dois à mes confrères écrivains, à tous les véritables écrivains qui se battent et qui essaient d'écrire un livre honnête, je le dois à la mémoire de l'auteur disparu et à la culture au sens large. Je le dois aussi à ton patron, M. Cobb, qui va se retrouver dans de beaux draps pour l'avoir publié. Une chose est sûre, en tout cas, maintenant que tu m'as dit que tu pensais épouser Thane et que par le passé tu avais parfois confondu l'écrivain et l'homme, et comme en l'occurrence Thane n'est ni un écrivain ni un honnête homme, je me sens obligé de t'empêcher de courir à la catastrophe. »

À présent, dans le Bemelmans Bar, seul résonnait « Moonglow » que jouait le pianiste de la maison. Si quelques clients arrivaient pour boire l'apéritif et conversaient ici et là, la salle demeurait malgré tout silencieuse.

« Je ne vous crois pas, finit par décréter Sam, mais il était évident que ce que venait de dire Baum l'avait quelque peu remuée.

– Je suppose que tu n'étais pas au courant et que tu ne l'as pas couvert.

– Je ne vous crois pas, répéta-t-elle, et que ce fût le changement de couleur sur ses joues ou les larmes qui lui montaient aux yeux, elle ne prenait pas bien la chose, c'était manifeste.

– Je ne te mentirais pas, se défendit Baum. Je pense à ton avenir.

– Je ne suis pas en train de dire que vous mentez, rétorqua-t-elle, une pointe d'agacement dans la voix. Tout ce que je dis, c'est que vous êtes un peu ivre et qu'avoir croisé votre ex par hasard aujourd'hui vous a mis dans un drôle d'état.

– Tout va bien, Sam, et oui, voir Tyler m'a bouleversé et une margarita c'est trop pour moi, je suis sûrement saoul et j'aurais peut-être dû me taire, mais je me suis dit qu'il fallait que tu sois au courant.

– Connie dit toujours que vous vous mettez en compétition avec Thane et que vous lui en voulez de son succès. Évidemment, vous écrivez depuis beaucoup plus longtemps et vous n'avez jamais publié quoi que ce soit qui ait touché autant de lecteurs que Thane l'a fait avec son premier roman.

– Non, je ne suis pas très commercial, mais tu l'as toujours su.

– Vous n'avez pas encore convaincu les critiques. Personne ne dit que vous n'avez pas de talent, personne ne nie le potentiel qui est le vôtre, mais au fil des ans, les gens veulent voir ce potentiel se réaliser. » Elle était sur le point de fondre en larmes, sentant les effets de sa deuxième margarita tout comme il sentait les effets de sa première. « Selon Connie, vous êtes amer parce que tout ce que vous aviez de prometteur est resté en suspens. Jusqu'à maintenant. Je dis bien jusqu'à maintenant. Voilà pourquoi je crois que si vous travaillez avec Henry Cobb, il sera peut-être à même de vous aider et vous parviendrez à écrire le grand livre auquel vous aspirez depuis tout ce temps. Ou Shivay Banerjee, si vous arrivez à le supporter. C'est tout ce que je dis, et si vous, vous avez bu un verre, moi je n'en ai bu que deux. » Elle essayait de noyer le poisson sous son flot de paroles, mais Baum devait maintenant aller jusqu'au bout.

« Il l'a plagié, Sam. Non seulement l'intrigue mais aussi les personnages, parfois des dialogues ou des paragraphes quasiment entiers, voire mot pour mot.

– Vous vous rendez compte de ce que vous êtes en train de dire ? Le plagiat est un crime. Mais le crime, ce n'est pas le plus grave. Si je pensais que ce que vous affirmez sur Thane est vrai... ou est-ce que vous essayez de jeter le discrédit sur lui ? »

Si elle refusait toujours de croire qu'il y eût la moindre parcelle de vérité dans ce qu'elle considérait comme une absurdité, elle s'embrouillait malgré tout maintenant.

« Je sais que le plagiat est un crime, déclara Baum. Ça vient du latin *plagium*. Ça veut dire rapt, vol littéraire. Tu crois que je ne connais pas mon latin ?

– Je vous respecte, Asher. Je sais aussi vous êtes sous pression depuis quelque temps et que vous avez commencé à parler tout seul. Ce que vous avez écrit dernièrement n'a pas bien marché, la pièce sur laquelle vous avez travaillé pendant un an a été reçue très froidement. Certes les critiques ont peut-être eu la main lourde, mais ça a dû être dur quoi qu'il en soit. Et ensuite ce Shivay Banerjee vous a fait la leçon et vous avez croisé par hasard une femme qui vous a brisé le cœur, vous auriez dû voir votre tête. Ça a ravivé vos souvenirs de dépression nerveuse, et vous me racontez cette histoire d'homme-cafard dans une librairie qui vous parle d'un livre obscur.

– Je vais te donner le livre.

– Et vous me dites que l'homme que j'aime et que j'ai décidé d'épouser est un imposteur qui me ment. Que ce n'est pas un homme pour moi et que je cours à la catastrophe. » Elle sanglotait à présent, sa voix tremblante montant dans les aigus. « Excusez-moi », souffla-t-elle avant de s'éclipser dans les toilettes pour femmes, laissant Baum assis seul se parlant à lui-même à une petite table ronde dans un coin sombre du Bemelmans Bar, sa silhouette se dessinant dans le décor d'une fresque de Madeleine à Paris.

« Tu es content ? Maintenant qu'elle est partie en larmes à cause de toi ?

– Qu'est-ce que j'étais censé faire ? La laisser se marier avec cet imposteur et découvrir la vérité quand il sera trop tard ?

– Peut-être qu'elle n'en aurait jamais rien su. Peut-être que personne n'en aurait jamais rien su. C'est passé inaperçu jusqu'à maintenant. Et ça continuera peut-être si tu ne montes pas sur tes grands chevaux pour dénoncer ce vol littéraire comme tu n'arrêtes pas de le répéter.

– Je n'ai rien dénoncé. Je connais une demi-douzaine de types qui seraient prêts à tuer pour obtenir cette information. Tu vois bien que je ne suis pas en train de les appeler, là. Mais elle est dans la mouise, et je peux l'arrêter ou du moins l'avertir qu'elle est sur le point de commettre une terrible erreur, et je devrais me taire ? La laisser découvrir la vérité à ses dépens ? Même si le pot aux roses n'est jamais découvert, que se passera-t-il quand il écrira son prochain livre ? À qui il le volera, celui-là ? Enfin quel genre de type est capable de faire un truc pareil ? »

C'est alors qu'un serveur s'approcha et lui demanda très diplomatiquement de parler moins fort, car cela dérangeait les tables voisines. Baum regarda autour de lui et s'aperçut que l'établissement s'était rempli et que quelques clients le regardaient de travers.

« Oh, excusez-moi, dit Baum. Je ne me rendais pas compte. » À peine le serveur se fut-il éloigné que Baum murmura : « Franchement, tu ne pourrais pas parler moins fort ?

– Tout ce que je disais, c'est que ce n'est pas à toi de le démasquer, ce n'est pas de ta responsabilité. Je ne dis pas qu'il ne le mérite pas, mais laisse quelqu'un d'autre s'en charger.

– Oui, oui, je sais ce que tu vas dire. Tais-toi et passe ton chemin.

– C'est un miracle que personne ne l'ait encore accusé de plagiat. Mais qu'il se fasse prendre ou pas, ce n'est pas le problème. C'est ce que ça raconte sur Thane qui compte. Tu trouves qu'elle devrait épouser un gars capable d'une telle imposture ?

– J'ai pitié de lui. Manifestement, il manque de confiance, et s'il fanfaronne comme ça, c'est parce qu'il ne cherche qu'une chose.

– Quoi donc ?

– L'approbation de sa mère. Tu es con ou quoi ? Pour lui prouver qu'il est à la hauteur de toute l'admiration qu'elle lui porte.

– Mais si Sam l'épouse et qu'ensuite le déshonneur s'abat sur son mari. Qu'est-ce qu'elle deviendra, la pauvre ?

– Tu vas me dire que je suis un spécialiste des clichés, mais je trouve que tu ne devrais pas faire de vagues. Laisse la vie poursuivre son cours sans jouer les justiciers. N'essaie pas de sauver la fille. N'essaie pas de sauver tous les honnêtes écrivains qui s'efforcent de s'en sortir. N'essaie pas de sauver l'humanité de l'hostilité du cosmos. Occupe-toi de tes oignons. »

La belle Sam regagna la table. Plus apaisée, elle s'assit et demanda : « Avez-vous un exemplaire du livre qui fait l'objet de ce supposé crime ? »

Sa voix était devenue froide. La charmante journée relevait désormais du passé. Même dehors le temps avait changé, mais Baum ne le savait pas. Il remua sur sa chaise avant de répondre : « Dans le coffre de ma voiture. Avec un exemplaire du livre de Thane. J'avais besoin des deux pour comparer.

– Bien sûr. Je peux vous l'emprunter ? Le livre de Thane, je l'ai.

– Oui, évidemment. Sam, j'espère... »

Elle le coupa. « Je ne crois pas que vous soyez mal intentionné, Asher. Mais c'est très sérieux, cette histoire. Ça touche la vie de plusieurs personnes. La mienne, celle de Thane et bien sûr celle de Connie et de Henry Cobb qui a été tellement heureux quand il a découvert Thane. »

Baum ne put écouter cette litanie de conséquences sans regretter d'avoir ouvert sa grande gueule. Une vague de rage déferla en lui : il en voulait au destin de l'avoir fait entrer au même instant que l'homme-cafard dans la librairie. Mais ce destin avait également voulu jadis qu'il entrât au même moment que Tyler chez le traiteur. Chance, hasard, destin. Comment vivre dans un monde pareil sans perdre l'esprit ?

« Qu'est-ce que j'ai fait, Sam ? Qu'est-ce que j'ai fait ? Je voulais seulement t'avertir d'une situation terrible.

– OK. Je comprends. Maintenant, donnez-moi le livre. Je ne vais pas rentrer dans le Connecticut avec vous. Je voudrais d'abord lire le livre en question. Je dormirai chez moi ce soir. Après avoir mangé et bu un café, je vais vérifier de près tout ce que vous venez d'avancer au lieu de foncer tête baissée ; c'est un de mes pires défauts.

– Je peux t'inviter à dîner ?

– Ça ne sera pas nécessaire. J'ai des trucs à la maison. »

Oh mon Dieu, songea Asher. Elle me hait. Je voulais bien faire. Elle-même a admis que je voulais bien faire, mais maintenant elle est glaçante.

« Viens, dit-il, allons à ma voiture et je te donnerai le livre. Ensuite je te déposerai chez toi.

– Très bien. »

Très bien, se répéta-t-il intérieurement. Deux mots on ne peut plus froids. Elle se leva pour partir, et comme il l'imitait, il se dit à lui-même : « Bah, qu'est-ce que tu croyais ?

– Comment ? » fit-elle.

Elle n'avait pas compris ce qu'il venait de dire car elle avait commencé à s'éloigner pour sortir.

« Rien, rien. Je voulais juste ajouter que je sais que tu es fâchée. Et je m'excuse d'être le porteur de la mauvaise nouvelle. Il ne faut pas m'en vouloir. »

Pas de réponse. Même pas deux mots glaçants. Aïe, qu'est-ce que j'ai fait ? Je m'inquiète pour elle quand c'est moi qui suis en chute libre.

Ils marchèrent en silence jusqu'au parking. Il pleuvait sans discontinuer.

Une fois dans la voiture, ni l'un ni l'autre ne prirent la parole. Baum alluma la radio et chercha la station de musique classique. Richard Strauss. *Mort et Transfiguration*. Parfait. Il éteignit le poste en voyant sa moue. Elle ne s'adressa à lui qu'une seule fois tandis qu'il se frayait un chemin dans la circulation pour la déposer chez elle dans Bank Street.

« Est-ce que vous n'avez pas trop bu pour faire la route jusqu'au Connecticut ce soir ? s'enquit-elle.

– Non. Pourquoi, je conduis mal ?

– Non, mais il y a deux heures de trajet et il fait déjà nuit, sans compter qu'il commence à pleuvoir des cordes.

– Ça va aller.

– C'est la fin de Thane, déclara-t-elle.

– Peut-être pas. Peut-être que j'ai tiré des conclusions hâtives.

– C'est ça », réagit-elle amèrement.

Ils s'arrêtèrent devant une bâtisse en grès rouge dont elle occupait tout le premier étage. Il sortit le livre du coffre et le lui tendit. Elle marqua une pause, jeta un coup d'œil à la couverture. Il l'accompagna jusqu'à la porte. Ils étaient mouillés, mais c'était le cadet de leurs soucis.

« Merci pour aujourd'hui, souffla-t-elle.

– Tu m'appelleras quand tu auras fini de le lire ?

– Si je ne me jette pas par la fenêtre d'ici là.

– Tu vis au premier étage. Tu ne risques pas grand-chose », répliqua-t-il, s'efforçant encore d'alléger l'atmosphère lourde comme du béton. Il prit Sam par les épaules, le même geste qui lui avait valu tant d'ennuis avec la journaliste asiatique, sans toutefois tenter de l'embrasser.

« Écoute, reprit-il, on pourrait oublier cette histoire tous les deux et passer à autre chose. Si ça se trouve, personne n'en saura jamais rien.

– Si ce que vous m'avez dit est vrai, je pense qu'on est un certain nombre à ne pas pouvoir faire comme si de rien n'était. »

Là-dessus elle tourna les talons, gravit les quelques marches du perron et pénétra dans son immeuble. Baum ne tarda pas à reprendre le chemin des tiques et des tortues. Il roula sous une pluie de plus en plus battante, penché en avant sur son volant pour s'efforcer d'y voir plus clair à travers le pare-brise ruisselant d'eau. Il commença à avoir mal au dos à force de se tenir ainsi, si concentré. Cela lui rappela un souvenir ancien. Pourquoi les nuits pluvieuses ravivent-elles les souvenirs ? se demanda-t-il. Même les après-midi pluvieux. Qu'est-ce qui pouvait bien en être la cause ? Quel pouvait être le lien entre précipitations et hippocampe ? Et pourtant, dès que les gouttes se mettaient à tomber, les souvenirs du passé émergeaient. Du moins, pour Baum c'était toujours le cas, et tandis qu'il roulait en direction de Bridgewater, il se souvint du soir où il était rentré en voiture d'une de ses pièces, la première à être montée, à Provincetown. Il avait eu du mal à l'écrire et, s'il s'était essayé à la dramaturgie, il préférait le roman. La pièce en question mettait en scène une famille du Bronx. Son père, sa mère et Ruth Kahn, sa petite amie de l'époque, ainsi que les parents de cette dernière, étaient venus, sans oublier de nombreux amis, et la soirée avait très bien démarré. Les problèmes avaient débuté lorsque famille et amis avaient commencé à comprendre que les personnages de la pièce étaient inspirés d'eux, certains jusque dans les moindres détails. Se mêlaient et s'étalaient sur scène conflits, vulnérabilités psychologiques, défauts, échecs, désirs lubriques et autres confidences adultérines, et ce à la vue de tous. Son ami Blitzstein était un voyeur, David Rosen trichait aux cartes, tandis que la mère de sa petite amie ressemblait en tous points à une redoutable mégère. Ses propres parents avaient leur lot de regrets qu'ils eussent probablement préféré ne pas partager avec le public.

Naturellement, il avait changé les noms, mais sans faire trop d'efforts. Helen était Ellen, et Jerry, Gerald. Il avait écrit cette pièce dans sa jeunesse, et s'il avait bien pensé que certains émettraient quelques objections, il avait cru que chacun prendrait la chose avec humour, ce qui ne fut pas le cas. Baum se souvint du retour en voiture sous une pluie battante aussi ce soir-là. Il conduisait, sa petite amie sur le siège passager et ses parents à l'arrière, fulminant en silence. À un feu rouge, son père lui frappa l'arrière du crâne avec le programme qu'il avait roulé dans sa main. Après ce soir-là, sa petite amie ne lui adressa plus jamais la parole. La pièce fut un désastre pour d'autres raisons, parmi lesquelles : des personnages trop nombreux, un manque de profondeur, des scènes non intentionnellement drôles. Et puis zut, il écrivait mieux désormais, et même beaucoup mieux le temps aidant. Certes, mais toujours pas aussi bien que dans sa non-fiction.

Il ne put éviter de se retrouver excessivement trempé le temps de parcourir la courte distance séparant sa voiture de la maison. En vingt secondes il eut l'air d'un rat noyé.

Assise dans le canapé, Connie regardait la télévision, un verre à la main. Baum avait remarqué qu'elle buvait plus ces derniers temps, et aussi qu'elle commençait plus tôt dans la journée. Soudain tout le monde buvait, se dit-il. Au fil des ans ils étaient devenus des buveurs, alors qu'avant c'était un peu de vin rouge, ou du blanc, ou une bière. Désormais, des choses plus fortes semblaient nécessaires.

« Ça s'est passé comment ? lança-t-elle sans lever les yeux.

– Bien. » Il ôta ses chaussures et se débarrassa de ses vêtements mouillés.

« Thane est malade. Rien de grave. On a fait le test pour le Covid, et ce n'est pas ça. Juste une petite fièvre. Évidemment avec lui, dès qu'il dépasse 37,2 c'est comme si un camion lui était passé dessus. »

Pauvre garçon, songea Baum. Je suis étonné qu'elle ne l'ait pas fait hospitaliser en soins intensifs au Mount Sinai.

« Il a pris deux Tylenol et il est parti se coucher.

– Je suis sûr qu'il va s'en sortir », marmonna Baum. En attendant, pensa-t-il, j'ai d'autres chats à fouetter, et l'ascenseur émotionnel de la journée m'a épuisé.

« Il y a eu des coups de fil pour moi ? s'enquit-il.

– Non. Sam n'est pas revenue avec toi ?

– Elle avait des trucs à faire demain à New York.

– Asher, fit Connie avec délectation, elle va épouser Thane. J'ai tellement hâte.

– Ah oui ?

– Tu pourrais être un peu content pour lui. Il a hâte lui aussi, et elle est aux anges. Et ils ne sont pas seulement un bon parti l'un pour l'autre. C'est une jeune femme fabuleuse. Exactement le genre de femme dont il a besoin à ses côtés pour mener à bien une carrière littéraire. Elle est belle et charmante et le fait qu'elle monte en grade dans l'édition ne fait pas de mal. » Connie but une gorgée dans son verre et murmura, nostalgique : « J'espère qu'ils auront le genre de vie que j'avais envisagé pour nous. Ne me laisse pas devenir morose. Je me disais qu'on pourrait célébrer le mariage ici. On pourrait décorer magnifiquement la propriété. La cérémonie pourrait avoir lieu sous l'épicéa. Avec les branches au-dessus, ça ferait une cathédrale naturelle.

« Tu as déjà lu un livre qui s'intitule *Impossible aux hommes* ? lui demanda-t-il.

– Non. Pourquoi ? Je n'en ai jamais entendu parler. Qui l'a écrit ?

– Non, c'est juste que quelqu'un m'a dit que c'était intéressant. »

À sa réaction, Baum comprit qu'elle n'était pas partie prenante dans la supercherie de son fils.

« Il veut vivre par ici, dit Connie. Je me disais, pourquoi pas la maison des Gunderson ? Elle sera peut-être à vendre. Ça ne serait pas génial qu'ils vivent au bout de la rue, on pourrait voir grandir leurs enfants comme ça. Enfin je suis trop jeune pour être grand-mère. Qu'est-ce que je raconte ? Je suis saoule. Thane a trouvé l'amour. Je suis sûre que si tu apprends à mieux connaître Sam, tu vas l'adorer aussi. Si tu étais plus jeune, ce serait exactement ton genre. Mais tu t'entends bien avec elle. Si seulement tu n'étais pas aussi jaloux de Thane. »

Ils avaient presque réussi à mener à bien une conversation sans échanger de piques, mais Asher était trop exténué pour mordre à l'hameçon.

« D'après ce que j'ai compris, Thane travaille sur un nouveau roman, déclara-t-il.

– Absolument. Il est partagé parce qu'il a reçu plusieurs propositions pour enseigner ou partir en résidence d'écriture. Ils veulent tous des gens jeunes. Je ne sais pas, mais il est indécis par rapport au livre sur lequel il travaille. Il faudrait que tu lui en parles. Je parie qu'il serait un professeur merveilleux. Il est tellement charmant.

– Bon, je suis un peu crevé. Je vais aller me coucher.

– Il y a du poulet froid dans la cuisine.

– Je n'ai pas faim », dit Baum avant de laisser Connie devant sa série. Il se servit un verre d'eau froide, le but, puis monta à l'étage. Il avait envie de se doucher, mais il ne le fit pas, de peur de rater Sam si elle appelait. Il n'avait aucune nouvelle d'elle, et se disait qu'elle devait avoir terminé le livre, ou en avoir lu suffisamment à l'heure qu'il était pour se rendre compte du vol évident, du rapt du texte d'un autre homme. Il n'avait pas son numéro de téléphone et préférait ne pas le demander à Connie pour ne pas devoir répondre à ses questions. « Pourquoi as-tu besoin du numéro de Sam ? » ne manquerait-elle pas de demander.

La culpabilité, cet élément puissant et enveloppant, aussi courant que l'oxygène et peut-être tout aussi nécessaire. Cependant, elle n'avait pas appelé et cela l'inquiétait. Mais pour quelle raison devait-il se sentir coupable ? Ce n'était pas lui le criminel dans cette affaire. C'était aux trousses de Thane que les autorités devaient lâcher les chiens.

« Pourquoi n'a-t-elle pas appelé, bon sang ? fit Baum.

– Elle ne l'a probablement pas encore terminé, répliqua-t-il.

– Elle n'a pas besoin de lire tout le livre pour se rendre à l'évidence.

– Et alors, elle en a lu une partie et elle s'est endormie. Elle t'appellera demain matin.

– Je lui ai dit de m'appeler dès qu'elle aurait fini.

– Elle l'a peut-être lu et elle n'est pas d'accord, se dit-il à lui-même.

– Tu rigoles ou quoi ? Comment pourrait-elle ne pas être d'accord. C'est un vol tellement manifeste. Tu l'as lu, pas vrai ?

– Évidemment, je l'ai lu.

– Alors, je suis fou ? J'exagère ?

– Non. Il l'a plagié. Et pas qu'un peu. Il a piqué des passages entiers, l'idée, les personnages.

– Exactement, et le plagiat est un crime, pas vrai ?

– La violation de la propriété intellectuelle est un crime.

– Comment le sais-tu ?

– J'ai fait des recherches.

– Ah bon ?

– Tu ne te rappelles pas ? Si. S'il a gagné de l'argent en pillant ce livre, et il s'en est fait beaucoup, il risque une amende.

– Oui. Et jusqu'à quinze ans de prison.

– OK, donc tu es au courant.

– Je n'ai pas envie de le voir aller en prison. Mais il faut qu'elle sache qui elle va épouser. Maintenant je m'en veux d'en avoir parlé.

– Tu étais saoul. Et sous le charme de quelqu'un qui te rappelle Tyler.

– Je ne sais pas si je vais arriver à dormir avant qu'elle appelle. »

Rien de plus vrai n'avait jamais été dit. Baum continua d'attendre et d'attendre, les yeux fatigués, les paupières lourdes, et pourtant il ne parvint pas à trouver le sommeil. Et elle n'appela pas. Hypocondriaque comme il était, il songea soudain que le grossier plagiat l'avait tellement bouleversée – sans parler de l'opprobre qui ne tarderait pas à s'abattre sur l'homme qu'elle espérait épouser –, qu'elle avait décidé d'en finir avec la vie. Des somnifères. Aucune chance. Ou peut-être le gaz. La tête dans le four. Baum somnola par intermittence. L'aube se leva enfin mais toujours pas d'appel de Sam. Connie se leva de bonne heure et sortit courir pour évacuer l'alcool de la veille. Pendant son absence, Baum parcourut ses contacts dans son téléphone portable pour lui subtiliser le numéro de Sam. Il n'y figurait pas. Il se faufila en catimini dans la chambre de Thane pour mettre la main dessus, et il se fit prendre.

« Qu'est-ce que tu fais ?

– Je cherchais le numéro de téléphone de Sam. Je l'ai accompagnée en voiture hier à New York et j'ai perdu quelque chose. Je me demandais si elle l'avait trouvé.

– Tu as perdu quoi ?

– Quoi ?

– Tu as perdu quoi ?

– Une petite enveloppe en papier kraft. »

Baum, piètre menteur, transpirait et marmonnait.

« Attends, je vais l'appeler pour toi, déclara Thane, composant un numéro sur son portable.

– Oh, ne t'embête pas, tu es malade.

– Je ne suis pas contagieux. Je vais beaucoup mieux. »

Le téléphone contre l'oreille, Thane attendit. Longuement.

Baum, nerveux, se balançant d'un pied sur l'autre, attendit aussi. Elle ne va pas comprendre ce que je raconte si je lui parle d'une enveloppe en papier kraft, songea-t-il. Mais pourquoi est-ce que je suis nerveux comme ça ? Je n'ai volé le roman de personne. Une fois, j'ai choisi Prague comme décor pour une nouvelle, en hommage à Kafka. Mais je n'ai rien plagié.

Pas de réponse. « Salut, chérie, c'est moi. Rappelle-moi quand tu peux. Apparemment, Asher a perdu une enveloppe en papier kraft. Si jamais tu l'as vue. »

Il remercia Thane, qui se retourna dans son lit pour profiter d'une demi-heure ou plus de sommeil supplémentaire avant d'aller à la rencontre du monde.

Qu'est-ce qui se passe ? Où est-elle, bordel ? Est-ce qu'elle a attendu le matin pour commencer le livre ? Et elle est toujours enfermée à le lire ? Je n'en peux plus.

« Sam a dit qu'elle rentrerait à quelle heure ? demanda Connie avant d'aller se doucher.

– Elle n'a rien dit », répondit-il, convaincu que quelque chose ne tournait vraiment pas rond.

La matinée avança et le niveau d'angoisse de Baum était sur le point de l'envoyer en orbite. Sam était injoignable et ne répondait pas aux messages. Connie passa son temps au téléphone avec des amis, à s'organiser pour aller voir la semaine suivante une exposition sur la mode à Manhattan, et aussi leur annoncer les bonnes nouvelles, que l'agent de Thane était en train de négocier un très gros contrat d'adaptation cinématographique pour son livre, et que Samantha Taylor et lui avaient décidé de se marier aux alentours de Thanksgiving. Thane avait commencé à prendre des notes pour un nouveau roman, leur confia-t-elle, et pensait peut-être accepter une résidence dans une université très prestigieuse. Elle n'en dirait pas plus pour le moment.

Une fois que Thane se fut levé, Baum s'adressa à lui par deux fois, chose rare pour Baum, ce qui ne fit qu'éveiller les soupçons de son beau-fils quant à sa profonde inquiétude concernant cette mystérieuse enveloppe en papier kraft. Il lui demanda s'il avait des nouvelles de Sam et Thane lui répondit que non, qu'elle avait sans doute des réunions. Elle avait toujours des réunions ; mais Baum avait appelé son bureau et elle n'y avait pas mis les pieds de la journée. Sans plus d'explication. Mon Dieu, serait-elle morte dans son appartement ? Par ailleurs, Baum essaya de trouver le courage de demander à son beau-fils si par hasard il aurait lu un livre intitulé *Impossible aux hommes*, pour voir sa réaction. Mais malgré tous ses efforts, il n'y parvint pas. Ils se tenaient tous sur la pelouse devant la maison lorsqu'une voiture avec chauffeur arriva et s'arrêta. La portière s'ouvrit et Sam descendit du véhicule.

Les yeux rougis, elle semblait épuisée. Ce n'était plus la même Sam. Un exemplaire d'*Impossible aux hommes* à la main, elle se dirigea vers Thane et balança l'ouvrage à ses pieds.

« Qu'est-ce qui se passe ? demanda Connie, interloquée par ce geste.

– Tu n'as qu'à lui demander, répliqua Sam.

– Où as-tu trouvé ce livre ? s'étonna Thane.

– Ton beau-père l'a trouvé dans une librairie d'occasion. Il l'a lu, et quand je lui ai dit qu'on projetait de se marier, il a pensé qu'il serait préférable que je sache à quoi m'en tenir.

– Qu'est-ce qui se passe ? répéta Connie. De quoi s'agit-il ?

– Ce qui se passe, c'est que le roman de ton fils, celui qui lui a valu tant de publicité et d'admiration, sans oublier l'argent, il l'a volé purement et simplement.

– De quoi tu parles ? fit Connie.

– Demande à Thane. Il pourra te donner tous les détails, rétorqua Sam, furieuse.

– Qu'est-ce que c'est que cette histoire, Thane ? Je ne comprends pas », dit Connie.

Thane resta planté là, trop abasourdi pour s'exprimer.

« Pardonne-moi de ne pas y aller par quatre chemins mais ton fils a volé le livre d'un autre homme, il a pensé que ça passerait inaperçu, et ç'a été le cas jusqu'à ce qu'Asher me parle de cet ouvrage et que toute cette combine dégueulasse éclate au grand jour.

– C'est vrai, Thane ? interrogea Connie. Tu as plagié un livre ? Mais c'est impossible.

– Pourquoi tout le monde se monte le bourrichon comme ça ? s'exclama Thane. Je suis tombé sur un livre obscur et épuisé, un livre du siècle dernier totalement tombé aux oubliettes qui faisait écho à certains des thèmes que j'avais déjà et qui mettait en scène des super personnages. Tout ça pour rien, puisque ce roman, personne ne l'avait lu pour ainsi dire. L'auteur était mort, la maison d'édition avait depuis longtemps mis la clé sous la porte, et l'intrigue et les personnages étaient restés dans l'ombre. Le thème cadrait parfaitement avec la trame contemporaine à laquelle je pensais. C'était beaucoup plus pertinent aujourd'hui qu'à l'époque où ce livre était sorti. Je n'ai porté préjudice à personne. Ni à l'auteur, ni à l'éditeur, ni à des descendants potentiels, puisqu'il n'y en a aucun, j'ai vérifié. Bien sûr, personne n'a rien dit, et j'étais certain que personne ne s'en soucierait jamais. Et personne ne s'y est intéressé jusqu'à ce que cet individu, qui essaie de me saboter, en fasse tout un plat et en parle à Sam.

– J'ai lu le livre hier soir, intervint Sam. Au bout de cinquante pages, il était déjà évident que le vol est flagrant. Mais je l'ai terminé, et j'étais tellement sous le choc que j'ai appelé Henry Cobb à minuit pour lui en parler. J'ai cru qu'il allait mourir. Il m'a demandé de le lui apporter sur-le-champ. Et c'est ce que j'ai fait, à minuit. Ce matin, il t'avait rayé de la carte.

– Mais il n'y a pas de problème. Il faut juste passer à autre chose, déclara Thane.

– Tu plaisantes ? riposta Sam. Tu ne connais vraiment pas Henry Cobb. Tu crois qu'il va continuer de publier ton livre sans révéler la vérité ? Tu ne le connais vraiment pas. Il t'a fait confiance. La tromperie, le manque calculé d'honnêteté, sa réputation d'éditeur et d'homme intègre. Tu l'as trahi. Ce matin il a appelé son service de presse et publiquement déclaré qu'il ignorait l'existence du livre d'origine. Il a présenté ses excuses et retiré ton roman de la vente.

– Mais c'est impossible, répéta Connie. Cobb est fou, ou quoi ?

– En matière d'honnêteté et d'intégrité, il est tout sauf fou, répliqua Sam.

– Le problème d'Henry, c'est qu'il est trop intense », intervint Thane.

Blême sous l'effet du choc, Connie se tourna vers Baum et elle commença à rougir de rage.

« Pourquoi tu as fait ça ?

– Quoi ? fit-il, incapable de refermer la boîte de Pandore qu'il avait ouverte, pensant bien faire.

– Espèce d'idiot, éructa-t-elle, et la vérité, c'est que tu n'es pas idiot. Tu es malveillant.

– Qu'est-ce que j'ai fait ? Ton gamin vole un livre et c'est contre moi que tu te fâches ?

– Tout se passait si bien. Personne n'avait rien dit. D'accord, il a eu tort, mais le livre était épuisé, la maison d'édition avait disparu, l'auteur était mort et sans ayant droit. Et il fallait que tu ouvres ta grande gueule. Il n'y avait pas une autre manière de gérer la situation ? Personne n'aurait peut-être jamais rien dit si tu n'en avais pas fait tout un flan.

– Tout un flan ? répéta Baum. C'est son éditeur qui en fait toute une affaire. Moi, je l'ai juste dit à Sam. Puisqu'elle était sur le point d'épouser Thane, je me suis dit qu'il fallait qu'elle le sache.

– En quoi ça te regarde, que Sam et Thane envisageaient de se marier ? rétorqua Connie.

– Je me suis dit qu'il fallait qu'elle sache où elle mettait les pieds.

– Tu te prends pour qui, son tuteur ?

– J'ai pensé à la moralité de la chose. Qu'aurait fait Kant ?

– Ne mets pas ça sur le compte de Kant, sale fouine. Tu es un mouchard. Maintenant tout le monde est au courant ou le sera d'ici demain. La presse, le scandale, le déshonneur. » Des larmes envahissaient les yeux de Connie, un bouillonnement de larmes de rage et d'humiliation. « Tu as détruit sa vie », siffla-t-elle entre ses dents.

En cet instant, Baum regretta vivement d'avoir rencontré l'homme-cafard, lu le livre, mis à jour l'arnaque et averti Sam, regretta infiniment de s'être réveillé ce matin-là, vivant sur cette terre, aggloméré insignifiant de cellules tuant le temps entre un gouffre et un autre.

« Ça va être partout dans la presse, reprit Connie, mais ce n'était pas nécessaire. Tout ça aurait pu passer inaperçu. On aurait pu gérer ça entre nous. Tu aurais pu avoir une conversation avec lui d'homme à homme, lui expliquer que c'était inacceptable et que jamais plus il ne fallait recommencer. Tu es son beau-père, pas son rival par rapport à cette fille. Tu en as pincé pour Sam.

– De quoi tu parles ? Tu perds les pédales, Connie, se défendit Baum, gesticulant désespérément, pris au piège. Je ne l'ai dit qu'à Sam. Elle l'a dit à Cobb. Cobb est devenu dingue.

– Maintenant, on va le traîner dans la boue pour plagiat. Ça va être dans tous les journaux, pas seulement la presse à sensation.

– Sam, fit Thane, comprenant clairement qu'il n'y aurait pas de mariage à Thanksgiving ni à aucun autre moment de leur existence.

– Où vas-tu ? lança Connie à Sam tandis que cette dernière se précipitait vers la maison.

– Récupérer ce que j'ai laissé ici avant de retourner à New York. »

Le chauffeur de la limousine s'approcha d'eux. Légèrement empâté, avec un visage affable, ce dernier se nommait M. Perry Brodnax. « Est-ce que je pourrais utiliser vos toilettes ? » demanda-t-il.

Sam, déterminée à disparaître de la vie de Thane, poursuivit son chemin vers la maison pour récupérer ses affaires. Thane lui emboîta le pas pour plaider sa cause.

« C'est une conclusion beaucoup trop hâtive », protesta-t-il.

Mais comment justifier quelque chose d'aussi louche.

Connie fixa Baum. « Tu vois ce que tu as fait ? Espèce d'insecte, de termite. Sa carrière, son mariage.

– Pourrais-je utiliser vos toilettes s'il vous plaît ? réitéra le chauffeur.

– Taisez-vous ! lui hurla Connie avant de foncer en larmes vers la maison.

– Qu'est-ce que vous avez fait de si affreux ? demanda le chauffeur à Baum.

– Il y a des toilettes juste là, près de la piscine, répondit ce dernier.

– Qu'est-ce que j'ai fait ? se demanda-t-il à lui-même.

– Tu es un lanceur d'alerte, se répondit-il. On ne leur pardonne jamais.

– J'aurais dû me taire ? Et ensuite elle aurait épousé cet imposteur et vécu l'enfer. S'il a trompé son monde pour faire son livre, qu'est-ce qui l'empêchera de la tromper elle ?

– Je ne connais pas tous les détails de l'histoire, intervint le chauffeur de la limousine, mais dans les films de prison, le mouchard finit toujours mal.

– On vous a sonné ? s'insurgea Baum.

– Ce n'était pas à moi que vous parliez ? fit le chauffeur. Il n'y a que nous ici.

– Vous vouliez aller aux toilettes, riposta Baum en lui montrant de nouveau le chemin.

– Excusez-moi, balbutia le chauffeur avant de déguerpir dans la direction indiquée.

– Au secours, dit Baum. Je craque.

– Il n'y a pas de justice. Peut-être dans un univers parallèle, mais avec ta chance, je ne compterais même pas dessus. »

Soudain, comme sous la direction d'un réalisateur, Connie déboula de la maison, pistolet à la main. Mon Dieu, où Connie a-t-elle trouvé un pistolet ?

s'interrogea Baum pensant d'emblée qu'elle allait se tuer, avant de comprendre, en y regardant de plus près, que c'était sur lui qu'elle avait l'intention de tirer. Elle visa sa cible et le coup partit. Largement à côté. Elle avait parlé d'acheter une arme, se souvint Baum. Elle affirmait qu'il n'y avait pas de danger à la campagne. Et pourtant elle voulait acheter une arme à feu. L'idée avait terrifié Baum et il lui avait fait promettre de s'en abstenir. Elle avait répondu que si ça l'embêtait tellement, elle ne le ferait pas. Elle avait menti, et non seulement elle avait un pistolet, mais maintenant elle le braquait sur lui et tirait au petit bonheur.

Il prit ses jambes à son cou et se rua vers le bois dans l'espoir de s'y cacher. Connie s'élança à sa poursuite, tirant à plusieurs reprises, toujours sans succès mais se rapprochant néanmoins de sa cible. Se frayant un chemin à toute allure à travers fourrés, arbres et buissons, Baum se dit qu'il aurait tellement préféré courir dans la 57e Rue voire dans la Troisième Avenue, où le terrain n'avait aucun secret pour lui. Au lieu de quoi, les branches sèches craquaient sous ses pieds et il respirait à grand-peine à cause de la poussière et de l'herbe. Il saisit le sérieux de la situation lorsqu'elle s'arrêta pour recharger son arme.

« Tu vois, *schmuck*, se dit-il à bout de souffle, voilà où tout ça t'a mené. En train de courir dans des ronces pour sauver ta peau avec à tes trousses une femme survoltée qui veut te descendre.

– Qu'est-ce que j'ai fait ? Elle est folle.

– Elle est folle et tu es fou. La seule différence, c'est qu'elle est armée. »

Une balle lui frôla le cou et une goutte de sang tacha son tee-shirt Banana Republic. « Mon Dieu, ma femme va me tuer », croassa-t-il. Il ne voulait pas mourir. Se faire pourchasser comme du gibier dans les bois. Tout comme il n'avait pas envie de se faire transpercer par une épée de samouraï sur le ferry de Staten Island. La vérité, c'était que même s'il se plaignait à qui voulait l'entendre du méchant cosmos et de l'absurdité de l'existence, il voulait vivre. « Et ne me demande pas pourquoi », dit-il.

À bout de souffle, il atteignit une clairière avant de déboucher au niveau de l'autoroute. Il continua de courir jusqu'à ce qu'il se retrouve au milieu des voies. Les voitures filaient de part et d'autre. Connie émergea du bois et abandonna sa traque, faute de munitions. Le voyant en détresse agiter les bras, des automobilistes s'arrêtèrent.

« Elle essaie de me tuer, cria-t-il.

– OK, rétorqua-t-il, s'adressant à lui-même. Ça va aller.

– Qui sont tous ces gens ? Pourquoi ils s'arrêtent ?

– Pour t'aider, répondit-il.

– Je n'ai pas besoin d'aide. Qu'est-ce que j'ai fait, bon sang ? »

Un bouchon se créa et les automobilistes horrifiés observèrent cet aliéné qui s'agitait. Un véhicule de police ne tarda pas à paraître.

« Qu'est-ce qui se passe ?
– Qu'est-ce qui se passe ? répéta Baum. Est-ce qu'ils s'arrêtent pour moi ? Toutes ces voitures, c'est pour moi ?
– Oui, se répondit-il à lui-même. Reprends-toi. Tu me fais honte. »

L'agent de police s'exclama : « Calmez-vous ! Ça va aller. On se détend. Nous allons nous occuper de vous.
– Écoute-le, Asher, s'enjoignit-il. Tu perds la boule.
– Débarrassez-moi de lui, lança Baum à l'agent de police. Avant, on s'entendait bien. Mais ces derniers temps il est devenu méprisant. Et ça ne me plaît pas. Je n'aime pas le mépris. »

Dans un film, il y aurait eu un fondu sur les agents de police s'efforçant patiemment de calmer Baum. Puis noir, puis plan suivant, quelques semaines plus tard, Baum parlant à son frère dans une maison de repos très charmante. L'endroit est situé à la campagne, mais cela ne semble pas le gêner. Il y a d'autres patients avec des problèmes pires que les siens. D'ailleurs, il quitte les lieux aujourd'hui après six semaines d'hospitalisation. Tandis que Josh aide Baum à faire sa valise, les deux frères conversent.

« Ta chambre est prête, déclare Josh. Tu vas rester avec moi jusqu'à ce que tu te remettes sur pied. Et tu peux prendre ton temps.
– Je ne resterai pas longtemps. Je me sens déjà beaucoup mieux.

– Tu as l'air en forme, Asher. Tu as bonne mine. Tu ne délires plus, tu ne marmonnes plus dans le vide.

– Et qu'est-ce qui se passe dans le monde ?

– Eh bien, comme tu le sais, Connie demande le divorce. Elle est partie avec Thane en Angleterre, chez le père biologique de Thane. Sinon, rien à signaler. Crois-moi, tu n'as rien raté. Tu avais besoin de repos. En tout cas, tu as de la chance d'avoir échappé au cirque médiatique qu'il y a eu. Toi, Connie avec le revolver, Thane et toute la mauvaise publicité autour de lui. Oh, et une journaliste japonaise qui t'a accusé de l'avoir agressée. C'était quoi, au fait, cette histoire ? À l'entendre, on aurait cru que tu l'avais enchaînée dans une cave. À ta place, je viendrais avec moi. Je t'ai dit que je vais descendre l'Amazone en bateau ? Quitter la civilisation pour quelque temps.

– Super. Des serpents, des cannibales. Tout ce que j'aime.

– N'oublie pas les sables mouvants.

– Non, je crois que je vais rester à New York et on verra. J'ai l'intention de me mettre à travailler sur un nouveau livre.

– Bonne idée, tu es toujours mieux quand tu travailles. Au fait, j'ai demandé à un ami par rapport à cette idée de déterrer papa, et ce n'est pas aussi compliqué que ce que je croyais. »

Les deux hommes finirent de faire les valises et quittèrent le bâtiment. Ils traversèrent la pelouse jusqu'à la voiture de Josh.

« Tu as déjà une idée pour ton nouveau roman ? demanda ce dernier à Baum.

– Oui.

– Tu peux m'en dire plus ?

– Tu veux vraiment savoir ?

– Oui.

– Ça se passe dans vingt milliards d'années. Toute trace de l'existence humaine a disparu de la terre. Il n'y a plus rien. Plus d'univers. Plus d'étoiles, plus de lumière, plus d'espace, plus de temps. Absolument rien.

– Et qu'est-ce qui se passe ?

– Ça, je ne le sais pas encore. »

Baum s'installa sur le siège passager à côté de son frère, et ils se mirent en route.

Glossaire

Blintzes : crêpes fourrées au fromage blanc
Bupkis : des clopinettes
Kvetcher : râler, se plaindre
Meguila : tout un foin
Meshugana : fou
Momzer : petit con
Nachas : fierté et joie que l'on ressent face aux accomplissements de sa progéniture
Nudnick : raseur
Schlemiel : nullard, incompétent, idiot
Schmaltz : sentimentalité
Schmatte : chiffon, guenille ou, plus largement, vêtement
Schmuck : couillon
Schnecken : pâtisserie
Schvach : patraque
Tchotchkes : bibelots
Tzimmes : tout un foin, toute une histoire
Vontz : punaise

Cet ouvrage a été composé
par Belle Page
et achevé d'imprimer sur Roto-Page
par l'Imprimerie Floch à Mayenne en octobre 2025
pour le compte des Éditions Stock
21, rue du Montparnasse, 75006 Paris
stock@editions-stock.fr

PAPIER CERTIFIÉ

Stock s'engage pour l'environnement en réduisant l'empreinte carbone de ses livres. Celle de cet exemplaire est de :
500 g éq. CO_2
Rendez-vous sur www.editions-stock-durable.fr

Imprimé en France

Dépôt légal : novembre 2025
N° d'éditeur : 01 – N° d'impression : 107817
26-08-9116/6